AF313885

Vᵉ RENOU, MAULDE et COCK

IMPRIMEURS DE LA COMPAGNIE DES COMMISSAIRES-PRISEURS

Rue de Rivoli, 144.

CATALOGUE

DES

LIVRES

DE

SCIENCES, BEAUX-ARTS, BELLES-LETTRES ET HISTOIRE
DES TEXTES CHINOIS ET JAPONAIS

COMPOSANT

La Bibliothèque de Feu M. VILLOT

Officier de la Légion d'honneur, ancien Conservateur des Tableaux au Musée du Louvre
Secrétaire général des Musées nationaux

DONT LA VENTE AURA LIEU

RUE DES BONS-ENFANTS, 28

(MAISON SILVESTRE, SALLE N° 1)

Le Jeudi 9 Décembre 1875 et jours suivants

A 7 HEURES 1/2 PRÉCISES DU SOIR

Par le ministère de Me **MAURICE DELESTRE**, Commissaire-Priseur,
successeur de Me DELBERGUE-CORMONT, rue Drouot, 23.

PARIS
ADOLPHE LABITTE
LIBRAIRE DE LA BIBLIOTHÈQUE NATIONALE
4, rue de Lille, 4

1875

V⁰ RENOU, MAULDE et COCK

IMPRIMEURS DE LA COMPAGNIE DES COMMISSAIRES-PRISEURS

Rue de Rivoli, 144.

ORDRE DES VACATIONS

PREMIÈRE VACATION. — *Jeudi 9 Décembre 1875*

Théologie. — Sciences et Arts. — Beaux-Arts.......... Nᵒˢ 1 à 198

2ᵉ VACATION. — *Vendredi 10 Décembre*

Beaux-Arts. — Linguistique......................... Nᵒˢ 199 à 370

3ᵉ VACATION. — *Samedi 11 Décembre*

Belles-Lettres. — Histoire......................... Nᵒˢ 371 à 564

4ᵉ VACATION. — *Lundi 13 Décembre*

Bibliographie. — Ouvrages sur la Chine.............. Nᵒˢ 565 à 749

5ᵉ VACATION. — *Mardi 14 Décembre*

Textes chinois et japonais......................... Nᵒˢ 750 à 884

LIVRES EN LOTS

CONDITIONS DE LA VENTE

La vente se fera au comptant, CINQ POUR CENT en sus des enchères.

Il y aura, chaque jour de vente, de 2 heures à 4 heures, exposition des livres composant la vacation du soir.

Les réclamations devront être faites, au plus tard, dans les vingt-quatre heures qui suivront la vacation. Passé ce délai, les articles adjugés ne seront repris pour aucune cause.

Le libraire chargé de la vente remplira les commissions des personnes qui ne pourraient y assister.

M. Frédéric VILLOT dont les collections vont être
soumises aux enchères publiques, laissera un souvenir durable dans la mémoire de ceux qui l'ont
connu. C'était un des derniers adeptes et un des plus
intelligents du mouvement romantique. Il avai
l'ardeur de ses coreligionnaires sans leur légèreté.
Dans la limite de ses forces, il aida à cette échauf-
fourée dans ce qu'elle présenta de moins futile.

Doué d'une imagination très-vive et d'un esprit
très-net, ayant à satisfaire à une curiosité inépui-
sable : c'était un dilettante dans la force du terme.
Le mot aurait pu être inventé pour lui. Il a touché
à beaucoup de branches de l'art et de la science; il
s'y est exercé au gré de son goût et quelquefois de
son caprice. Je ne dirai pas qu'il y ait excellé, mais
pour beaucoup il y a laissé une empreinte durable.
Ç'a été un helléniste pouvant traduire en grec moderne le conte de Voltaire *Memnon;* un botaniste
consulté par de savants professeurs, un ciseleur en
bronze rompu à toutes les finesses du métier, un
graveur à l'eau-forte qui a dirigé la pointe d'Eugène
Delacroix, un peintre en miniature dont les ivoires
passent souvent pour des Hall, un critique musical
d'une érudition profonde, un catalographe dont les
opinions sont invoquées journellement dans les
musées d'Europe, un collectionneur infatigable, un
bibliophile ardent, et en dernier lieu, chose singulière, un sinologue dont les connaissances sont attes-

tées par la nombreuse réunion de livres chinois de son catalogue. Il est difficile de réunir des aptitudes plus diverses et de posséder, pour y répondre, une intelligence plus souple. C'est peut-être, je le sais, ce que l'on reprochera à M. Villot : au lieu de se concentrer, il s'est dispersé. Les empreintes qu'il laissera ne sont pas profondes, mais nombreuses. A juger des spécialistes par leurs erreurs, on se demande si cet ecclectisme n'a pas été de la sagesse au premier chef.

M. Marie-Joseph-Frédéric Villot est né à Liége (département de l'Ourthe), le 31 octobre 1809. Il avait vingt ans en 1829, au moment de l'effervescence romantique. Occupé de ciselure et de gravure à l'eau-forte, il se lia d'une amitié qui ne s'est jamais démentie avec le chef du mouvement romantique dans la peinture. M. Eugène Delacroix, qui venait de ramasser le pinceau de Géricault. C'est à M. Villot que Delacroix dut la connaissance des procédés techniques de la gravure à l'eau-forte. Les premières planches des deux amis sont le résultat d'un travail commun. Ce mélange de deux collaborations est si intime qu'il devient difficile de discerner la part afférente à chacun et qu'il faut s'en rapporter, sans y croire aveuglément, à la signature (1).

Les hasards de l'amitié avaient enrôlé M. Villot dans le camp des coloristes. Ses tendances se développèrent et prirent un caractère dominant et im-

(1) Je ne parle que des tout premières planches. A partir de 1832, le travail de M. Delacroix devient plus personnel et plus reconnaissable.

muable pendant un voyage en Italie et un séjour prolongé à Venise, en 1833 et 1834. A partir de ce moment, les artistes vénitiens, le Giorgione, le Gima, les Bellini, Palma, Bonifazio, Carpaccio, Titien, Tintoret, Véronèse, Tiepolo, devinrent ses dieux. Sans vouloir exclure les autres, on en pouvait choisir de pires.

De retour à Paris, après quelques années consacrées à divers travaux, à des recherches poussées très-loin sur les origines de la musique et sur les musiciens du seizième siècle, il devint, en 1842, un des fondateurs, avec MM Eugène Piot et Théophile Gautier, du *Cabinet de l'Amateur et de l'Antiquaire*. Ce recueil ne fournit pas une longue carrière. Sa technologie s'adressait à un nombre de lecteurs alors très-restreint, mais tous ceux qui s'occupent de questions d'art connaissent ces savants et solides travaux, et le consultent encore avec grand profit.

En 1847 un groupe assez nombreux d'artistes supportant impatiemment les refus systématiques d'un jury privilégié, le désigna conjointement avec MM. Boissard et Clément de Ris pour formuler dans une brochure l'expression des griefs que soulevait l'organisation des expositions, ainsi que les réformes que le bon sens réclamait. Après de nombreuses réunions où tout ce qui touche à cette question, beaucoup plus complexe alors qu'aujourd'hui, fut discuté avec attention, après de fréquentes entrevues avec les membres de l'Institut et les publicistes favorables à une réforme, une brochure parut sous le titre *de l'Exposition et du Jury*. Un esprit trèslibéral s'y rencontrait avec des vues d'organisation parfaitement pratiques. La question avait été si sérieusement étudiée, grâce à la direction imprimée par M. Villot, que le régime sous lequel ont vécu les expositions annuelles de 1848 à 1870 y est indiqué et prévu en détail; et il ne faut pas oublier aujourd'hui que ce régime, comparé à celui de 1830 à 1848, était de la liberté au premier chef.

Cette brochure parut le 24 février 1848. Le succès espéré par les auteurs leur échappait : l'intérêt était aux coups de fusil. M. Villot toutefois obtint le bénéfice de son dévouement et de ses travaux; le 24 mars 1848, il remplaçait M. Granet comme conservateur de la peinture au Louvre. La révolution faisait acte de justice. C'est rare.

M. Villot n'accepta pas ces fonctions comme une sinécure. Il avait trop souvent protesté la plume à la main contre l'insuffisance des catalogues du Louvre, pour qu'il n'eût pas hâte, en faisant mieux, de justifier ses critiques. Le lendemain de son entrée au Louvre, il se mettait à l'œuvre, aidé par ses deux nouveaux collègues : MM. Daudet et Eudore Soulié, qui depuis longtemps rassemblaient les éléments d'un catalogue plus en rapport avec les exigences de la critique et les découvertes modernes. En 1849 parut la première édition du *Catalogue de la peinture italienne*, puis successivement le *Catalogue de la peinture flamande et hollandaise* (1852), et le *Catalogue de la peinture française* (1855). En six ans M. Villot avait accompli une révolution complète dans la catalographie. Si médiocres que fussent les

catalogues du Louvre avant lui, ils étaient encore
bien supérieurs à ceux des autres musées. Dès que
la première partie du livre de M. Villot eut paru,
ses bases, son économie, ses divisions furent adop-
tées dans toute l'Europe. Et si maintenant le visi-
teur studieux rencontre à Madrid comme à Peters-
bourg, à Londres comme à Dresde, à Francfort
comme à Florence, à Berlin comme à Anvers des
guides suffisants pour satisfaire son goût de recherches; si depuis vingt ans la biographie des artistes
mieux étudiée a permis de relever bien des erreurs
et bien des traditions puériles, c'est à M. Villot
que revient l'honneur d'avoir été le premier promo-
teur de ce mouvement en prêchant d'exemple. Dix-
huit éditions de ce livre n'ont pas épuisé son succès.
On peut y relever des erreurs, cela est certain; mais
ces erreurs même personne n'eût été en mesure de
les signaler, si M. Villot n'avait pas formé une école
d'investigateurs sagaces et de critiques scrupuleux
et attentifs.

Chargé en 1860 de surveiller la restauration des
vingt-deux tableaux de Rubens connus sous la désignation de *Galerie du Luxembourg*, il déploya dans
la direction de ce travail un soin et une habilité aux-
quels tout le monde rend hommage aujourd'hui.
Tous les hommes compétents et impartiaux avouent
que son tact et ses connaissances spéciales ont pré-
servé ces magnifiques compositions d'une ruine
rapide et qui serait devenue infaillible quelques années plus tard. Mais au moment même, on se sou-
vient des injustes attaques dont M. Villot fut l'objet.

Les passions politiques saisirent avec empressement l'émotion soulevée par cette opération comme prétexte pour faire pièce au gouvernement. L'ignorance y ajouta ses clameurs, l'intérêt ses intrigues, l'envie ses calomnies, l'administration sa faiblesse; bref, devant ce tapage passager, M. Villot, laissant à un avenir prochain le soin de le défendre, crut devoir donner sa démission de conservateur des tableaux.

Il ne s'éloigna cependant pas du Louvre. Nommé secrétaire général en 1861, il apporta dans l'exercice de ces fonctions cet esprit d'ordre, de méthode et de classification dont il avait déjà donné des preuves dans la rédaction des Catalogues. Il y ajoutait une surveillance, une sévérité d'examen auxquelles ses ennemis furent forcés de rendre justice, quand ils épluchèrent les comptes de l'Administration.

M. Villot n'avait pas touché pendant trente ans à toutes les branches de l'art sans finir par posséder de nombreux spécimens artistiques. C'étaient les outils de l'ouvrier. Forcé par des circonstances particulières de se séparer de ces témoins de toute sa vie, il fit en 1864 une première vente qui comprenait, outre des dessins et aquarelles de Charlet, Decamps, Roqueplan, Delacroix, Bonnington, des miniatures de Dumont, de Siccardi, de Fragonard et de Hall. Parmi les ivoires de ce dernier, M. Villot en possédait des plus fins et des meilleurs. Si leurs acquéreurs s'en dessaisissaient aujourd'hui, ils décupleraient leur argent.

En 1865, il s'adressa de nouveau à ses collections pour réparer des pertes de fortune. Cette seconde vente ne contenait que des œuvres de Delacroix. Là figurait ce fameux *Massacre de l'évêque de Liége* qui, payé 3,000 fr. à une époque où l'on dénonçait à la police les partisans de Delacroix comme pouvant faire courir des dangers à la sécurité publique, dépasserait certainement de nos jours 60,000 fr., et donne un vernis d'illustration au cabinet qu'il décore. M. Villot ne voulut laisser à personne le soin de rédiger le catalogue de cette vente. Compagnon de Delacroix pendant une partie de sa vie, il savait mieux que personne les procédés techniques, les *moyens* de sa peinture. Aussi la préface de ce catalogue, les détails qui accompagnent la désignation de chaque article sont-ils le document le plus complet, le plus exact, le plus curieux à consulter quand on voudra écrire la vie de Delacroix au point de vue de l'artiste.

Des liaisons de famille l'avaient mis à même de recueillir sur le peintre miniaturiste suédois, Hall, des renseignements assez nombreux. Personne n'ignore que Hall a laissé en France les plus gracieux spécimens d'un talent qui n'a jamais été égalé, bien que M. Villot l'ait imité de façon à tromper le plus fin. En 1866, M. Villot réunit ces documents et en composa une monographie que consultent tous ceux qui recherchent les petits maîtres de la fin du dix-huitième siècle.

Au mois de mai 1870, troisième vente publique. Cette fois c'est de livres qu'il s'agit. M. Villot se séparait de volumes acquis soit au hasard des rencontres, soit au fur et à mesure des recherches du tra-

vailleur, et qui depuis quarante ans s'amoncelaient
sur les rayons de sa bibliothèque. C'est alors que le
public fit connaissance avec ce fer au monogramme
F. V. qui va reparaître au dos des volumes confiés à
l'habileté exercée de M. Labitte, et exciter entre ses
mains de nouvelles convoitises. C'est de ce moment
que datent ces folies pour les catalogues de ventes
d'art du siècle dernier. La vente de M. Villot était
exceptionnellement riche dans cette division des
beaux-arts; et c'est dans les boîtes à cinq sous qu'il
avait trouvé cette richesse. Il avait payé vingt sous
l'exemplaire du catalogue Tallard avec les notes de
Mariette, qui atteignit 110 fr. et figure aujourd'hui
dans la bibliothèque de M. Reiset. Je me rappelle
également un catalogue dont je ne citerai pas le nom
pour ne pas faire rire de moi, et qui, payé trois sous
(trois sous !) en 1847, fut bravement poussé jusqu'à
60 fr. par un amateur résolu à dépenser jusqu'à 500 fr.
pour s'en rendre acquéreur. M. Villot avait eu le
flair fin et la main heureuse. Aussi cette vente fut-
elle très-fructueuse. Les marchands de chinoiseries
en surent quelque chose. Hélas ! les collectionneurs
sont comme les ivrognes : qui a bu boira. On vend
sa collection pour en acheter une autre. C'étaient
les dernières jouissances de M. Villot. Les heures
d'épreuve arrivaient.

Il les supporta dignement. A la veille d'incidents
dont M. de Lajolais a donné un récit scrupuleuse-
ment exact dans le journal *l'Art* (Juin 1875), il fut
appelé, le 5 septembre 1870, à remplacer le comte
de Nieuwerkerke comme président du Conservatoire

des musées. En acceptant cette situation, il assumait sur sa tête la lourde responsabilité de conserver la plus belle partie du patrimoine de la France en face d'un ennemi qui venait de faire ses preuves à la bibliothèque de Strasbourg, et avec la crainte toujours présente de convulsions intérieures qui pouvaient faire disparaître le Louvre afin de le mieux conserver. Secondé par le dévouement de ses collègues, aidé par l'esprit de famille de tout le personnel du Louvre, il fut à la hauteur de la mission que les circonstances lui imposaient. On ne raconte pas ces mois d'angoisses, les émeutiers introduits au Louvre, les Prussiens succédant aux émeutiers, les incendiaires succédant aux Prussiens. Le vieux Louvre échappa au pétrole de la Commune comme il avait échappé aux obus du siége. Je ne sais s'il a dû sa préservation à la prévoyance de M. Villot.

La prévoyance humaine est une triste affaire !

Mais il faut dire bien haut que pas une des précautions réclamées par les circonstances n'avait été négligée. Il avait veillé à toutes ; et si elles ont été inutiles, personne n'en fut plus heureux. A la fin de septembre 1871, un an après avoir été investi de cette douloureuse dictature, M. Villot pouvait rouvrir au public le Louvre tel qu'il l'avait reçu, sans un objet disparu, sans une détérioration, sans un acroc, sans une fêlure. Le patrimoine de la France était intact.

D'une organisation maladive, d'une santé chétive qui ne résistait que grâce à une grande énergie morale, M. Villot avait été plus rudement éprouvé qu'un

autre par cette terrible année. A partir de 1872 ses
forces ne firent plus que décliner; toutefois il restait
encore debout, épuisant ses forces au profit de son
cher Louvre, travaillant à sa réorganisation admi-
nistrative, y apportant les réformes dont vingt ans
d'expérience lui avaient démontré l'urgence, solli-
citant de tous les ministres les moyens de lui conserver sa situation prépondérante en Europe, défen-
dant son intégrité contre l'intrigue ou l'ignorance,
la légèreté ou la présomption; mais il était atteint
d'une irrémédiable manière. Il languit deux années
encore, se roidissant contre l'arrêt de la nature, et
sentant bien que du jour où il s'aliterait il ne se re-
lèverait plus. La douleur eut raison de cette fermeté.
Comprenant qu'il approchait de sa fin, il dicta ses
dernières volontés avec une rare présence d'esprit,
adressa à ses amis des adieux d'une simplicité tou-
chante et s'éteignit le 27 mai 1875.

C. R.

CATALOGUE
DES LIVRES

DE

SCIENCES, BEAUX-ARTS, BELLES-LETTRES ET HISTOIRE

DES TEXTES CHINOIS ET JAPONAIS

COMPOSANT

La Bibliothèque de Feu M. VILLOT

Officier de la Légion d'honneur, ancien Conservateur des Tableaux au Musée du Louvre,
Secrétaire général des Musées nationaux

THÉOLOGIE

1. Polyglotten-Bibel. *Bielefeld*, 1854; 4 tomes en 6 vol., in-8, cart. n. rog.
2. La Sainte-Bible qui contient le Vieux et le Nouveau Testament, par David Martin, revue et corrigée par Pierre Roques, pasteur. *Basles*, 1744; fort vol. in-8, v. ant. fr. gr.
3. Dictionnaire de la Bible ou Concordance raisonnée des saintes Écritures, par J.-Aug. Bost. *Paris, Ch. Meyrueis*, 1865; gr. in-8, texte à deux col., dem.-rel. chag. vert.
4. Recherches sur la personne de Jésus-Christ, sur celle de Marie, par un ancien bibliothécaire (Gabr. Peignot.) *Dijon, V. Lagier*, 1829; in-8, br.

5. Les Apôtres, par Ern. Renan. *Paris, Mich. Levy fr.,* 1866; in-8, dem.-rel. chagr. viol.

6. **Cantica**. Pet. in-8, v., fers à froid.
   Manuscrit du XVᵉ siècle. Il est orné de 2 miniatures sur fond quadrillé formant grandes lettres. Musique notée.

7. Offices ou Pratiques de dévotion. *Paris, Claude de Hansy,* 1707; pet. in-12, maroquin citron, compartiments de mar. vert, dorés. (*Rel. anc.*)
   La reliure est mal conservée et a besoin d'une réparation.

8. Choix des Lettres édifiantes écrites des missions étrangères, précédé de tableaux géographiques, historiques, politiques, religieux et littéraires des pays de mission. *Paris, Grimbert,* 1824-1828; 8 vol. in-8, dem-rel. bas.
   Chine, 3 vol. — Levant, 2 vol. — Amérique, 2 vol. — L'Inde, 1 vol.

9. Le Talmud, par Emanuel Deutsch, traduit avec autorisation de l'auteur par Théoph. Baudaunas,. *Paris, Acad. des Biblioph.,* 1868; in-8, carré, br.

———〜⟨∞⟩〜———

SCIENCES ET ARTS

A. -- **Philosophie, Physique, Mathémathiques Médecine**

10. Francisci Petrarchæ de Remediis utriusque fortunæ (en allemand). *Francof,* 1604; in-fol., vélin.
    Édition ornée de plusieurs centaines de figures sur bois.

11. OEuvres de Michel de Montaigne, avec une notice biographique par C. Buchon. *Paris, A. Desrez,* 1837; gr. in-8, dem-rel. chagr. vert.

12. Mémoire sur d'Holbach, par M. Damiron. *Paris, Panc-koucke*, 1851 ; br. in-8.

13. Oskar Pletsch et Ludwig Richter. Livres illustrés pour la jeunesse (texte allemand). *Leipzig*, 1865 ; 5 vol. in-4, cart.

14. L'Optique, par F. Marion. Les Merveilles de la Céramique (Orient et Occident), par M. Jacquemart. — Les Météores, par MM. Margollé et Zurcher. *Paris, L. Hachette*, 1865-68 ; ens. 4 vol. in-18, cart., vignettes dans chaque vol.

15. **De la loi du contraste** simultané des couleurs et de l'assortiment des objets colorés, par E. Chevreul. *Paris*, 1839 ; in-8, dem.-rel. v. f., et atlas in-4.

16. Traité des couleurs matérielles et de la manière de colorer relativement aux différents arts et métiers, par M. Le Pileur d'Apligny. *Paris*, 1779 ; in-12, v. ant.

17. Traité complet des propriétés, de la préparation et de l'emploi des matières tinctoriales et des couleurs, par J.-Ch. Leuchs, traduit de l'allemand par **M. E. Péclet**. *Paris, Malher*, 1829 ; 2 vol. in-8, cart. n. rog.

18. Chimie des couleurs pour la peinture à l'eau et à l'huile, par J. Lefort. *Paris, V. Masson*, 1855 ; in-18, dem.-rel. maroq. vert, jans. nerv. tr. peig.

19. Des Couleurs au point de vue physique, physiologique, artistique et industriel, par le docteur Em. Brucke. *Paris, J.-B. Baillière*, 1866 ; in-18 (46 figures intercalées dans le texte), dem.-rel. maroq. bleu ciel jans. à nerv. tr. peig.

20. Traité des Vernis, où l'on donne la manière d'en composer un, qui ressemble parfaitement à celui de la Chine, et plusieurs autres qui concernent la peinture, la dorure, la gravure à l'eau-forte, etc. *Paris, chez Laurent d'Houry*, 1723 ; in-12, v. ant.

21. Traité théorique et pratique sur l'art de faire les vernis, suivi de deux Mémoires, par M. Tripier-Dereaux. *Paris, L. Mathias*, 1845; in-8, br.

22. Le Ciel. Notions d'astronomie à l'usage des gens du monde et de la jeunesse, par Am. Guillemin, ouvrage illustré de 11 planches tirées en couleurs et de vig. ins. dans le texte. *Paris, L. Hachette*, 1864; gr. in-8, dem.-rel. maroq. rouge plats toile, tr. dor.

23. Le Ciel. Notions d'astronomie à l'usage des gens du monde et de la jeunesse, par A. Guillemin, ouvrage illustré de 45 grandes planches dont 12 tirées en couleur et des vignettes insérées dans le texte. *Paris, L. Hachette*, 1870; gr. in-8, dem.-rel. chag. rouge, plats toiles, tr. dor.

24. Manière vniverselle de M. Desargves pour pratiquer la perspective par petit pied comme le géométral, ensemble les places et proportions des fortes et foibles touches, teintes ou couleurs, par A. Bosse. *Paris*, 1648 (146 planches).—Moyen vniversel de pratiqver la perspective svr les tableavx (par le même). *A Paris*, 1653 (32 planches). — Ens. 2 ouvr. en 1 vol. in-12, v. f. ant. fil. tr. dor.

25. Le Tir au fusil de chasse, à la carabine et au pistolet, par Adolphe d'Houdetot. — La petite Vénerie ou la Chasse au chien courant (par le même). *Paris, Charpentier*, 1855-57; 2 vol. in-18, br.

26. Du Tir des armes à feu et principalement du Tir du fusil, par Delorme Du Quesney. *Paris*, 1845; in-8, br. — Notice sur les pistolets tournants et roulants dits revolvers, par Anquetil. *Paris*, 1854; in-8, br. — Observations sur un nouveau modèle de carabine rayée, par Gust. Delvigne. *Paris*, 1836; br. in-8.

27. Andreæ Vesalis de Humani corporis fabrica libri VII. *Basilæ, sine anno;* in fol. vélin, figures.

Bel exemplaire..

28. Nouveau Recueil d'ostéologie et de miologie, dessiné d'après nature par Gamelin de Carcassonne, divisé en deux parties. *Toulouse*, 1779; gr. in-fol. cart.

29. Anatomie des formes du corps humain à l'usage des peintres et des sculpteurs, par le docteur J. Fau. *Paris*, 1865; in-8, dem.-rel. chagr. bleu, plats toile.
   Texte seul.

30. De la Physiognomonie, texte, dessin, gravure. *Paris*, *veuve J. Renouard*, 1866; in-4, dem.-rel. maroq. brun, tr. jasp.

———

B. — Sciences naturelles, Botanique

31. Dictionnaire pittoresque d'histoire naturelle et des phénomènes de la nature, rédigé par une société de naturalistes sous la direction de M. F.-E. Guérin. *Paris*, 1833-39; 9 vol. in-4, texte à deux col., nombr. gravures, dem.-rel., bas.

32. Annales des sciences naturelles. *Paris, Masson*, 1841-1860; 13 années br. et en livr.
   1851, tome xv et xvi, 2 vol. — 1853, tome xx, in-8 br. — 1857, tome vii et viii, en livr. — 1858, tomes ix et x, en 12 livr. — 1859, tome xi et xii, en 12 livr. — 1860, tomes xiii et xiv, en 12 livr.
   Tables, 2 vol.

33. English Cyclopædia natural history, conducted, by Charles Knight. *London*, 1854-56; 4 vol. in-4, cart. anglais, texte à deux col., nombr. figures.

34. Dictionnaire raisonné étymologique, synonymique et polyglotte des termes usités dans les sciences naturelles, par J.-L. Jourdan. *Paris, J.-B. Baillière*, 1834; 2 vol. in-8, dem.-rel. v. f. ant.

35. Lettres à Julie sur l'Entomologie, par M. E. Mulsant. *Lyon et Paris*, 1830; 2 vol. in-8, br. (Planches.)

36. An Introduction to Entomology, or Elements of the natural history of insects, by William Kirby. *London*, 1857; in-8, cart. anglais.

37. Introduction à l'Entomologie, comprenant les principes généraux de l'anatomie et de la physiologie des insectes, des détails sur leurs mœurs et un résumé des principaux systèmes de classification proposés jusqu'à ce jour pour ces animaux, par M. Th. Lacordaire. *Paris, Roret*, 1834; 2 vol. et atlas in-8, cart. toil.

38. Considérations générales sur l'anatomie comparée des animaux articulés, auxquelles on a joint l'anatomie descriptive du Melolontha vulgaris (hanneton), donnée comme exemple de l'organisation des coléoptères, par Hercule Straus-Durckheim. *Paris*, 1828; in-4 et atlas de 19 planches cart. toil.

39. Recherches sur l'anatomie et les métamorphoses de différentes espèces d'insectes, ouvrage posthume de Pierre Lyonnet, publiées par M. W. de Haan. *Paris, J.-B. Baillière*, 1832; in-4 et atlas cart. perc.

40. Champfleury. — Les Chats, histoire, mœurs, observations, anecdotes, illustrés de 52 dessins. *Paris, Rotschild*, 1869; in-18, br. — The Book of cats, by Ch.-H. Ross, with Ementy illustrations. *London*, 1868; in-18, cart. angl.

41. Recherches anatomiques et physiologiques sur les hémiptères, par M. Léon Dufour. *S. l. n. d.;* in-4, br., planches.

42. Histoire naturelle des insectes — Diptères — par M. Macquart. *Paris, Roret*, 1834; 2 vol. in-8, dem.-rel. dos et coins de v. rose, tr. jasp.

43. Histoire naturelle des fourmis, par P.-A. Latreille. *Paris*, 1802; in-8, cart. — Zoologie analytique ou Méthode naturelle de classification des animaux, par M. Constant Duméril. *Paris*, 1806; in-8, v. rac.

44. **Müller.** Vermium terrestrium et fluviatilium, seu Animalium infusoriorum historia. *Hanniæ*, 1773; in-4. — Hydrachnæ descriptio. *Lipsiæ*, 1781; — Entomostraca. *Hanniæ*, 1785; — 3 vol. in-4, cart. n. rog.

45. Histoire des conserves d'eau douce, par J.-P. Vaucher. *Genève*, 1803; in-4, dem.-rel. v. viol. — Recherches chimiques et microscopiques sur les conferves Bisses, Tremelles, etc., par Girod Chantrans. *Paris*, 1802; in-8, dem.-rel. chagr. noir, figures en coul.

46. A Popular History of British zoophytes or corallines, by the Rev. D. Landsborough. *London*, 1852; in-12, fig. en coul., cart. angl.

———

47. Bulletin de la Société botanique de France, 1854, 1855, 1856, 3 vol. 1857, 11 livr. — 1858, 8 livr., et 1859, 10 livr. formant 6 années. In-8, br.

48. Malpighius. Opera botanica. *Londini*, 1687; 2 vol. in-fol. vélin, figures.

49. Mémoires et Souvenirs de Aug. Pyramus de Candolle, écrits par lui-même et publiés par son fils. *Genève et Paris*, 1862; gr. in-8, br. — A. P. de Candolle, sa vie et ses travaux, par A. de La Rive. *Paris*, 1851; in-18, br.

50. Thesaurus litteraturæ botanicæ, curavit G.-A. Pritzel, *Lipsiæ*, 1851; in-4, cart.

51. Handbuch der botanischen terminologie und System-kunde von Dr Gottlieb Wilhelm Bischoff. *Nürnberg*, 1833-1844; 3 vol. in-4, cart. n. rog., planches.

52. Principles of scientific botany or botany as an inductive science, by Dr J.-M. Schleiden. *London*, 1849; in-8, cart. angl.

53. OEuvres de J. Senebier. — Physiologie végétale. 5 vol. — Essai sur l'art d'observer et de faire des expériences. 3 vol. — Action de la lumière solaire dans la végétation. — *Genève*, 1802; ens. 9 vol. in-8, dem.-rel. v.

54. Éléments de physiologie végétale et de botanique, par
C.-F. Brisseau-Mirbel. *Paris, de l'impr. de Didot*, 1815;
2 vol, in-8 et atlas in-8, cart. n. rog.

55. Dictionnaire raisonné de botanique, par Gérardin.
Paris, 1822. — Précis élémentaire de botanique, par
H. Lecoq. *Paris*, 1828. — Éléments de botanique, par
C. Seringe. *Lyon*, 1841. — Nouveaux Éléments de botanique, par Ach. Richard. *Paris*, 1846. — Cours de botanique élémentaire, par A. Rodet. *Paris*, 1863. — Ens.
5 vol. in-8, cart. et dem.-rel.

56. An Introduction to botany, by John Lindley. *London*,
1835; in-8. — Botany structural, physiological, syste-
matic and descriptive, by John Lindley. *London*, 1858.
Ens. 2 vol. cart. angl.

57. Candole (Alph. de). Introduction à l'étude de la botanique. 2 vol. — Théorie élémentaire de la botanique.
Paris, Roret, 1835-44; 3 vol. in-8, dem.-rel. v. bleu.

58. Organographie végétale ou Description raisonnée des
organes des plantes, par Aug.-Pyr. de Candolle. *Paris,
Germer Baillière*, 1844; 2 vol. in-8, cart. n. rog.,
figures.

59. An Introduction to botany, by John Lindley. *London*,
1848; 2 vol. in-8, cart. angl.

60. John Lindley. — The Elements of botany. — School
botany and vegetable physiology. —Descriptive botany.
London, 1849-58; 2 vol. et 1 broch. in-8, cart., fig.

61. Guide du botaniste ou Conseils pratiques sur l'étude
de la botanique, avec un dictionnaire raisonné des mots
techniques français et latins, par E. Germain de Saint-
Pierre. *Paris, V. Masson*, 1852; 2 vol. in-12, cart.
n. rog.

62. Class Book of botany, being an introduction to the
study of the vegetable kingdom, by J.-H. Balfour. —
The Botaniste's comprassion. — *Edinburg*, 1852-1860;
ens. gr. in-8 br. et plaquette in-8 cart.

63. The vegetable Kingdom; or the structure, classification and uses of plants, illustrated upon the natural system, by John Lindley. *London*, 1853 ; fort vol. in-8, cart. percal. verte.

64. A Manual of botany, by John Hulton Balfour. *London*, 1855. — A Manual of botany, by Robert Bentley. *London*, 1861. — The Principles of Descriptives et physiological botany, by the Rev.-J.-S. Henslow. — The Elements of botany, by John Hutton Balfour. *Edinburg*, 1869. — Manual of botanic terms, by M. C. Cooke. — Ens. 5 vol. in-18, figures, cart. angl.

65. Leçons élémentaires de botanique fondées sur l'analyse de 50 plantes vulgaires et formant un Traité complet d'organographie et de physiologie végétale, par M. Emm. Lemaout. *Paris*, 1857 ; gr. in-8, cart., figures et gr. atlas in-fol. cart.

66. First Lessons in botany and vegetable physiology, by Asa Gray. *London*, 1857. — How Plants grow, a simple introduction to structural botany with a popular Flora, by Asa Gray. *London*, 1858. — Ens. 2 vol. in-8, cart. angl., figures.

67. The Rudiments of botany, by Christopher Dresser. *London*, 1859; gr. in-8, cart. angl. n., fig.

68. Botanique, par M. Adr. de Jussieu. *Paris*, 1855. — Nouveaux Éléments de botanique, par Ach. Richard. *Paris, Savy*, 1864. — Dictionnaire de botanique pratique, par le Dr Ferd. Hœfer. *Paris, Firmin Didot*, 1850. — Éléments de botanique, par A. Mutel. — Ens. 5 vol. in-18, figures, dem.-rel. et brochés.

69. Ed. Grimard. — La Plante. *Paris, J. Hetzel*, 1865 ; 2 vol. in-12, cart.

70. Éléments de botanique, par P. Duchartre, avec 506 figures dessinées par A. Riocreux. *Paris, J.-B. Baillière*, 1867; in-8, dem.-rel. chagr. vert, plats toil., fleurons, tr. jasp.

71. Traité général de botanique descriptive et analytique, par MM. Le Maout et Joseph Decaisne, ouvrage contenant 5,500 figures dessinées par MM. L. Steinheil et A. Riocreux. *Paris, Firmin Didot*, 1868; gr. in-4, dem.-rel. chagr. br. clair, plats toiles, tr. jasp.

72. The Anatomy of plants withan idea of a philosophical history of plants and several other lectures dread before the Royal Society, by Nehensjah Grew. *S. l.*, 1682; in-fol. v. ant. (Planches.)

73. Botanographie élémentaire ou Principes de botanique, d'anatomie et de physiologie végétale, par Tém. Lestiboudois. *Paris et Lille*, 1826; in-8, dem.-rel., dos et coins de v. f.

74. Nouveau Système de physiologie végétale et de botanique, par J.-V. Raspail. *Paris, Baillière*, 1837; 2 vol. in-8 et atlas in-4 de 60 planches, dem.-rel. v. vert.

75. Mémoires sur les végétaux et les animaux, par Dutrochet. *Paris, B. Baillière*, 1837; 2 vol. et 1 atlas in-8 br.

76. Leçons de botanique comprenant principalement la morphologie végétale, par Aug. de Saint-Hilaire. *Paris, J. Loss*, 1840; in-8, dem.-rel. v. ant. (Planches.)

77. Morren. Anatomie et Physiologie végétales. *Bruxelles*, 1841; 8 mémoires en 1 vol. in-8, cart., fig. col.

78. Schacht (Herman). Physiologische botanik. — Die Pflanzenzelle. *Berlin*, 1852; gr. in-8, cart. *Figures*.

79. Beiträge zur anatomie und physiologie der Gewächse, von Dr Hermann Schacht. Lehrbuch der anatomie und physiologie der Gewächse. *Berlin*, 1854-56; 2 vol. in-8, dem.-rel., dos et coins de v. bleu, tr. jasp. (Chiffre.)

80. Schultz. — Vaisseaux du Latex. — Essai de formules botaniques représentant les caractères des plantes par des signes analytiques, par N. Seringe et Gaillard. *Paris*, 1835. — Méthode analytique comparative de bota nique, par B.-L. Peyre. *Paris*, 1823. — Br. Purkinje. — De Cellulis antherarum fibrosis. 1830. — Ens. 4 vol. et plaq. in-4, cart.

81. Dissertation sur les feuilles vertes et colorées, par Ed. Morren. *Gand*, 1858; in-8, fig. en coul., dem.-rel., dos et coins de v. vert (Chiffre.)

82. Vegetable physiology and Systematie botany, by William B. Carpenter. *London*, 1858; in-12, cart.

83. La Plante et sa Vie, par M. le Dr J. Schleiden, traduit de l'allemand par M. Scheidweiler et le Dr P. Royer. *Paris et Bruxelles*, 1859; in-8, cart. (*Figures.*)

84. Unity in variety as deduced from the vegetable Kingdom, by Christopher Dresser. *London*, 1859; in-8, cart. angl. — Botanical Letters, by Dr F. Ungers. *London*, 1853; in-12, cart. angl.

85. Der Baum studien über Bau und Leben der hœheren Gewächse, von Dr Hermann Schacht. *Berlin*, 1860; gr. in-8, br., figures.

86. Dr Julius Sachs. — Physiologie végétale, traduite de l'allemand par Marc Micheli, avec 50 figures dans le texte. *Paris, V. Masson*, 1868; in-8, br.

87. Histoire des plantes, par Louis Figuier, ouvrage illustré de 415 figures dessinées par Faguet. *Paris, L. Hachette*, 1865; in-8, cart. percal. viol.

88. Flore élémentaire des jardins et des champs, accompagnée de clefs analytiques et d'un vocabulaire des termes techniques par Emm. Le Maout et J. Decaisne. *Paris, Dusacq*, 1855; fort vol. in-12, dem.-rel. v. bleu.

89. Flore des jardins de l'Europe, manuel général des plantes, arbres et arbustes classés selon la méthode de Candolle, par Jacques, jardinier en chef du domaine royal de Neuilly. *Paris, Lacroix et Baudry*, s. d.; 4 vol. in-18, dem.-rel. chagr. noir, plats toile, tr. jasp.

90. Méthode éprouvée avec laquelle on parvient à connaître facilement et sans maître les plantes de la France, par M. Dubois et M. Boitard. *Paris, A. Cotelle*, 1857; in-8, cart. percal., planches.

91. Nouvelle Flore française, descriptions succinctes des plantes qui croissent spontanément en France et de celles qu'on y cultive en grand, par MM. Gillet et J. Magne. *Paris, Garnier fr.*, 1862; in-18; dem.-rel. chagr. vert foncé.

92. Flore descriptive et analytique des environs de Paris, par E. Cosson et E. Germain. *Paris, Fortin et Masson*. 1845; 1 vol. et atlas in-18, dem.-rel. chagr. vert.

93. Revue de la Flore parisienne, suivie du texte du Botanicon parisiense de Vaillant, avec les noms Linneens en regard, par V. Mérat. *Paris, Baillière*, 18.3; in-8, dem.-rel. v. vert.

94. Flore de la Normandie, par A. de Brebisson. *Caen, A. Hardel*, 1859; in-12, br.

95. Handbook of the British Flora a description of the flowering plants and ferns, by Georges Bentham. *London*, 1858; in-8, cart. angl.

96. Flore médicale belge, par H. van Neurck et V. Guibert. *Bruxelles*, 1864.—Éléments de tératologie végétale, par A. Moquin Tandon. *Paris*, 1841. — Aphorismes de physiologie végétale et de botanique, par John Lindley, trad. de l'anglais par A. Cap. *Paris*, 1838. — Catalogue de la bibl. scientifique de M. de Jussieu. *Paris*, 1857. — Grundzügè der anatomie und physiologie des Pflanzen, von F. Unger. *Wien*, 1846. — Ens. 5 vol. in-8, br. et cart.

97. Payer. Botanique cryptogamique. *Paris, Vict. Masson,* 1850; in-4, cart., fig. dans le texte.

98. A popular History of british mosses, by Rob. M. Stark. *London,* 1854; fig. en coul., in-12, cart. angl.

99. Album des mousses des environs de Paris, par R. Kleinhans. *Paris, F. Savy,* 1865 ; 30 planches in-4, en ff.
   Ouvrage complet.

100. A popular History of british lichens, by W. Lauder Lindsay. *London,* 1856; in-12, fig. en coul., cart. angl.

101. Ocean Gardens, the history of the marine aquarium by H. Noël Humphreys. *London,* 1857; in-12 carré, cart. angl., tr. dor., nombr. gravures en coul.

102. A popular History of the British Ferns and the allied plants, by Th. Moore. *London,* 1859; in-12, figures en coul., cart. angl.

103. A popular History of British seaweeds, comprising their structure, fructification, specific characters, arrangement and general distribution, with notices of some by the Rev. D. Landsborough. *London,* 1857; in-12, fig. en coul., cart. angl.

104. Tobacco and its adulteration, with illustrations drawns and etched by Henry P. Prescott. *London,* 1858; in-8, cart. angl.

105. Monographie du thé par J.-G. Houssaye. *Paris,* 1843; gr. in-8 cart., orné de 18 gravures.

106. Mémoires sur les Rutacées, par Adr. de Jussieu. *Paris,* 1825; in-4, br. *(planches).* — Recherches générales sur l'organographie, la physiologie et l'organogenie des végétaux, par Ch. Gaudichaud. *Paris,* 1841; in-4 cart.

107. **Mueller.** Monographie de la famille des Résédacées. *Zurich,* 1857; in-4 cart. *10 planches.*

108. C.-M. Gottsche. — J.-B.-G. Lindenberg et C.-G. Nees ab Esenbeck. — Synopsis Hepaticarum. *Hamburgi*, 1844; in-8 cart.

109. Histoire d'un morceau de bois, précédée d'un essai sur la séve, par Aub. du Petit-Thouars. *Paris*, 1815. — Recherches anatomiques et physiologiques sur la structure intime des animaux et des végétaux et sur leur motilité, par H. Dutrochet. *Paris, J.-B. Baillière*, 1824; in-8. — Essai sur les phénomènes de la végétation, par M. Féburier. *Paris*, 1812; in-8. — Ens. 3 vol. dem.-rel., v. f.

110. Botanique, monographies diverses; environ 50 br. in-8.

111. Botanique, monographies diverses; environ 50 pièces in-4.

C. — Arts divers

112. Essai sur l'art de restaurer les estampes et les livres, par A. Bonnardot. *Paris, Castel*, 1858; in-18 br.

113. Broderie indiquant la manière de dessiner et d'exécuter tout ce qui est relatif à cet art, par Mme Celmart. *Paris, Roret,* in-8 br. avec atlas de 40 planches.

114. Patrons de broderie et de lingerie du xvie siècle, reproduits par le procédé Lefman et Lourdel, et publiés d'après les éditions conservées à la biblioth. Mazarine, par Hipp. Cocheris. *Paris*, 1872; in-18 br.

115. Essai sur l'art de restaurer les faïences, les porcelaines, terres cuites, etc., par F. Thiancourt, avec un avant-propos par Ch. Davillier. *Paris, Aubry*, 1865; br. in-18 de 51 pages.

116. Manière de restaurer soi-même les faïences, porcelaines, cristaux, marbres, terres cuites, avec planches
en couleur, par Ris Paquot. *Amiens et Paris*, 1872 ; in-18
br.

117. Les Porcelaines de Sèvres de Mme Du Barry, d'après
les Mémoires de la manufacture royale, notes et documents inédits sur le prix des porcelaines de Sèvres au
XVIIIe siècle, par le baron Ch. Davillier. *Paris, Jouaust*,
1870 ; br. in-8 de 75 pages.

118. L'Art de travailler les pierres précieuses, à l'usage de
l'horlogerie et de l'optique ; premier ouvrage qui ait
paru sur ce sujet, par N. Dumontier. *Paris, Dentu*, 1843 ;
br. in-8 de 55 pages avec une planche.

119. Recherches sur le cuir doré, anciennement appelé
or basané, et description de plusieurs peintures appro-
priées à ce genre de décor, par E. de La Quérière, avec
une planche dessinée et gravée par E.-H. Langlois.
Rouen, Baudry, 1830 ; br. in-8 de 23 pages (*Rare*).

120. L'Art de faire, à peu de frais, les feux d'artifices pour
les fêtes de famille, par M. L.-E. A. *Paris, Audot*, 1825 ;
pet. in-8 br., figures.

121. Nouvelles recherches sur les feux d'artifices, par
F.-M. Chertier. *Paris, Asselin*, 1854 ; in-8 br., fig. int.
dans le texte.

BEAUX-ARTS

A. — Peinture, Collections de tableaux

122. Encyclopédie méthodique, — beaux-arts, par une société de gens de lettres, de savants et d'artistes. *Paris, Panckoucke*, 1788-1805; 3 vol. in-4, texte à deux col., dem.-rel. bas.

123. Atti dell' imp. reg. Accademia di belle art i in Venezia per la distribuzione dei premii fatta nel giorno 11 agosto 1851. *Venezia*, 1851-54; in-8, dem.-rel. dos et coins de maroq. bl., fil. tr. jasp.

124. Trattato della pittura di Lionardo da Vinci tratto da un codice della biblioteca Vaticana e dedicato alla maestà di Luigi XVIII, re di Francia e di Navarra. *Romo*, 1817; 22 planches in-4, dem.-rel. bas.

125. Traité de la peinture de Léonard de Vinci, précédé de la vie de l'auteur et du catalogue de ses ouvrages, avec des notes et observations, par M. Gault de Saint-Germain. *A Paris, chez Perlet*, 1803; figures, v. rac.

126. Dialogue sur la peinture de Louis Dolce, intitulé l'Arétin, dans lequel on traite de l'excellence de la peinture, et de toutes les qualités nécessaires au bon peintre. *Florence*, 1735; in-8, dem.-rel., dos et coins de maroq. rouge, tr. peing.

127. Le Grand-Livre des peintres, avec des réflexions sur les bons ouvrages de quelques bons maîtres, par Gérard de Lairesse, traduit du hollandais. *Paris*, 1787; 2 vol. in-4, v. ant. 35 planches en taille-douce.

128. Principes abrégés de peinture, par M. F. Dutens,
suivis d'un discours sur l'architecture et la sculpture.
Tours, an XII; in-8, dem.-rel. chagr. vert.

129. Recueil de lettres sur la peinture, la sculpture et
l'architecture, par J. Jay. *Paris*, 1817; in-8 cart.

130. Recherches nouvelles sur les procédés de peinture
des anciens, suivies de la traduction de différents fragments de l'ouvrage de la peinture à l'huile, par Ch.-
Frédéric Soèhnée. *Paris*, 1822; in-8 dem.-rel., maroq.
citr.

131. Manuel des jeunes artistes et amateurs en peinture,
par P. Bouvier. *Paris, Levrault*, 1827; in-8, titre gravé et
planches, dem.-rel. v. ant.

132. Traité complet de la peinture, par M. P. de Monta-
bert. *Paris, Bossange*, 1829, 9 vol. in-8, dem.-rel. v. et
atlas.

133. Elementary art or the use of the lead pencil, advo-
cated and explained by J.-D. Harding. *London, Ch. Tilt*,
1834; in-4 cart.

134. Notions pratiques sur l'art de la peinture, enrichies
d'exemples, d'après les grands maîtres des écoles italienne, flamande et hollandaise, par John Burnet, traduits de l'anglais par P.-C. van Geel, peintre. *Paris,
Rittner et Goupil*, 1835; 3 parties en 1 vol. in-4, dem.-
rel., v. bleu. Gravures noires et en couleurs.

135. A practical Treatise on painting in fresco, oil et dis-
temper, by Cennino Cennini. *London, Edw. Lumley*,
1844; gr. in-8, cart. anglais, tr. dor.

136. The principles and practice of art, by J.-D. Harding,
with illustrations drawn and engraved by the author.
London, 1845; in-4, cart. anglais.

137. Materials for a History of oil painting, by Ch. Lock.
Eastlake. *London*, 1847; cart. anglais.

138. Lectures on painting and design, by B.-R. Haydon, historical peinter. *London*, 1844; 2 vol. in-8, cart. anglais.

139. Original Treatises arts of painting in oil, miniature, mosaic and on glass, preceded by a general introduction, with translation, prefaces and notes, by Mrs Merrifield. *London*, *John Murray*, 1849; 2 vol. in-8, cart. angl.

140. Théorie du beau pittoresque, ou Essai d'un exposé des principes fondamentaux de la peinture, par J.-B. Laurens. *Paris*, 1849; in-4 cart., figures.

141. Manuels de différents genres de peinture en anglais. *Londres*, 1850-65; 23 vol. in-18 br.

142. A Hand-Book for young painters, by C.-R. Leslie, with illustrations. *London*, *John Murray*, 1855; cart. anglais.

143. Traité de la peinture de Cennino Cennini, mis en lumière pour la première fois avec des notes par le chevalier G. Tambronier, traduit par Victor Mottez. *Paris et Lille*, 1858; in-8, dem.-rel., dos et c. de v. f.

144. Causeries artistiques, par F. de Lasteyrie. *Paris*, *Hachette*, 1862. — La Peinture, par Alcide Gaboriaux. *Paris*, *Renouard*, 1861. — Eugène Delacroix, par Théoph.-Silvestre-Eugène Delacroix, par Amédée Cantaloube (portrait à l'eau-forte). Ens. 4 vol in-18 br.

145. Peinture, théorie et pratique de l'art; environ 60 brochures in-8.

146. Méthode pour apprendre le dessin, où l'on donne les règles générales de ce grand art et des préceptes pour en acquérir la connaissance, enrichie de 100 planches par Ch.-Ant. Jombert. *Paris*, *chez L. Cellot*, 1784; in-4, v. ant.

147. Éléments du dessein et proportions des plus belles figures de l'antiquité, à l'usage de ceux qui se destine aux beaux-arts, ornées de 33 planches accompagnées de leur description par Winkelmann. *Paris, A. David,* 1798; in-4 cart. 20 planches gravées.

148. Méthode pour faire une infinité de dessins différents avec des carreaux mi-partis de deux couleurs par une ligne diagonale, ou Observations du père Dominique Donat, religieux carme de la province de Toulouse, présenté par le Rév. P. Séb. Truchet, religieux du même ordre. *Paris,* 1622; in-4, v. ant., figures.

149. Notizia d'opere di disigno, existenti in Padova, Cremona, Milano, Pavia, Bergamo, Crema e Venezia, scritta da un anonimo. *Bassano,* 1800; gr. in-8, dem.-rel. maroq. r. du lev. à ner. jans., tr. peig.

150. Orthographie linéaire universelle ou Lois naturelles et fondamentales de l'enseignement du dessin, mis à la portée de tous, par P. Gélibert. *Paris,* 1868; in-4 br. (32 planches).

151. Cours rationnel de dessin à l'usage des écoles élémentaires, par L. d'Henriet; ouvrage contenant 206 figures intercalées dans le texte et un album de 44 modèles lithographiés. *Paris,* 1874; gr. in-8, br. et atlas in-4.

152. Lessons on Trees, by. J. D. Narding. *London, s. d.;* in-4°, cart. angl.

153. The art of decorative design, by C. Dresser. *London,* 1862; gr. in-8, cart. anglais.

154. Enigmes chinoises perfectionnées, ou l'art de dessiner sans avoir appris. *Paris, chez Alph. Giroux, s. d.;* 24 planches in-12, obl. en deux parties, cart.

155. Karl Robert. Le Fusain sans maître, traité pratique et complet sur l'étude du paysage au fusain, suivi de leçons écrites avec planches reproduites par l'héliogravure de la maison Goupil. *Paris, G. Meunier,* 1874; in-8 br.

156. Della simmetria dei corpi hvmani di Alberto Dvrero,
pittore e geometra. *In Venetia*, 1591 ; in-fol. cart.
Exemplaire incomplet en mauvais état.

157. La perspective practiqve par un religieux de la Compagnie de Jésus. *Paris, chez Ant. Dezallier*, 1679. 3 parties
en 3 vol. in-4, v. ant (nombr. figures).
Ce traité est de Jean Dubreuil, jésuite, né à Paris en 1602, mort à
Dijon le 27 Avril 1676. Ouvrage estimé dont il n'y a qu'une seule
édition, quoique tous les exemplaires ne portent pas la même date.

158. Paradossi per pratticare la prospettiva senza saper la
Bologna, 1683 ; in-fol. bas. *Planches*.

159. Perspectiva pictorum et architectorum, Andreae Putei
e societate Jesu. *Romae*, 1702 ; 2 parties en 1 vol. in-fol.,
v. ant.
Nombreuses planches gravées.

160. Traité de perspective à l'usage des artistes, par M.
Edme Sébastien Jeaurat, ingénieur géographe du Roy,
A *Paris, chez Ch. Ant, Jombert*, 1750 ; in-4, v. ant. 110
planches.

161. La Perspective aérienne soumise à des principes pui-
sés dans la nature ou nouveau traité de clair-obscur et
de chromatique, à l'usage des artistes, par M. de Saint-
Morien. *Paris, chez Didot*, 1788 ; in-8, 2 planches dem.
rel. v. ant.

162. Traité de perspective pratique pour dessiner d'après
nature par J. P. Thénot, orné de vingt-huit planches
gravées par Hibon. *Paris*, 1843 ; in-8, dem.-rel. maroq.
rouge jans. à nerv., n. rog.

163. Leçons élémentaires des ombres, par M. D. M. de la
Gardette, architecte. *Paris*, 1851, br. in-4. 25 planches.

164. Etudes de projections d'ombres et de lavis par M. J.
B. Tripon. *Paris, Dunod*. Atlas in-fol., br. 40 planches.

165. Application de la perspective linéaire aux arts du dessin ouvrage posthume de J. T. Thibault, peintre et architecte, mis au jour par Chapuis, son élève. *Paris, Carillan Gœury s. d.*; in-4, portrait d'après Gérard et 53 planches, dem.-rel. chagr. vert.

166. Nouvelle théorie simplifiée de la perspective, par David Sutter. *Paris, de l'impr. de Claye, veuve A. Morel, libr. s. d.* in-4. 56 planches, dem.-rel. maroq. rouge, tête dor., n. r.

167. Traité pratique de perspective appliquée au dessin artististique et industriel, par Q. Cassagne. *Paris, Ch. Fourault*, 1873. In-8, cart. figures.

168. Sur le Mannequin, discours dans lequel ont traite de son invention de sa perfection, et de son usage, par un ami des arts (Barillet). *Paris*, 1809, in-8 de 23 pages, dem.-rel. v. viol.

169. Recueil des secrets à l'usage des artistes. *Chez Laporte, s. d.* petit in-fol. dem.-rel. chagr. vert.

170. L'Art du feu ou de peindre en émail, dans lequel on découvre les plus beaux secrets de cette science, par le sieur J. Ph. Ferrand. *Paris, J. Collombat*, 1721; in-12, v. ant.

171. L'Email des peintres, par Claudius Popelin. *Paris, Levy*, 1866; gr. in-8, cart., n. rog.

172. Manuels complet du fabricant de couleurs et de vernis. — Peinture et fabrication des couleurs. — Peinture à l'aquarelle. — Peinture sur verre. — Miniature aquarelle et peinture à la cire. *Paris, Roret*; 6 vol. in-18., dem.-rel. chagr. vert et br.

173. Recherches expérimentales sur la peinture à l'huile, par M. E. Chevreul. *S. l. n. d.*; br. in-4.

174. Goethe's Theory of colours; translated from the german with notes by Ch. Lock Eastlake *London*, 1840; in-8, carton angl.

175. Colour as a mean of art being an adaptation of the experince of professors to the pratice of Amateurs, by Frank Howard. *London*, 1849; in-8, cart. anglais.

176. On colour and on the necessity for a general diffusion of taste among all classes, illustrated by wood cuts and coloured plates in contrast by sir J. Gardner Wilkinson. *London*, 1858; in-8, cart. anglais.

177. Chromatography. — A treatise on colours and pig_ ments and of their powers in painting, by George Frild. *London*, *s. d.*, in-8, carton angl.

178. Eléments de Povrtraitvre, ou la méthode de représenter toutes les parties du corps humain par le sieur de S. Igny, *à Paris, chez François L'anglais, s. d.*; in-8, maroq. fauve ant. tr. dor (*titre front.*), environ 50 gravures.
Quelques feuillets raccomodés.

179. Practical Hints on portrait painting, illustrated by Cramples, from the works of Vandyke and other masters, by John Burnet. *London*, 1850; in-4, cart. angl.

180. Régénération de la peinture à fresque par des procédés équivalents à ceux des anciens systèmes complété par des recherches sur les principales causes d'avaries de la peinture murale et de la peinture sur toile et sur panneau, par Borromée. *Paris, Firmin Didot fr.*, 1861; in-4, cart., tr. dor. Planches en couleurs.

181. Traité de la peinture au pastel, du secret d'en composer les crayons, et les moyens de le fixer; par M. P. R. de C... A *Paris, chez Defer de Maisonneuve*, 1788; in-12, br.

182. The theory and practice of lands cape painting in water colours, illustrated by a series of Twenty-six drawings and diagrams in colours and numerous wood cuts, by George Barnard. *London*, 1861; in-4, cart. angl., tr. dor.

183. Hints on light and shodow, composition, etc., as
applicable to landscape painting, illustrated by examples by Samuel Proult. *London, 1848*; in-4 cart.

184 De la conservation et de la restauration des tableaux,
par Horsin Déon. *Paris, Bossange*, 1851; in-18, br. —
L'Art de restaurer les tableaux anciens et modernes
ainsi que les gravures par Ris-Paquot, avec 13 planches.
Paris et Amiens; in-18 br.

185. Manuale del pittore restauratore, per Vlisse Forni.
Firenze, 1866; in-18, dem.-rel. maroq. fauve à nerv.,
tr. peig.

186. Traité de la peinture en mignature pour apprendre
aisément à peindre sans maître, auquel on a joint un
petit traité de la peinture au pastel, la manière de laver
proprement toutes sortes de plans, le secret de faire les
plus belles couleurs, etc. A *la Haye*, 1708; in-12, v. ant.,
front. gr.

187. Lettres sur la miniature, par Mansion. *Paris, s. d.*;
in-18, dem.-rel., chagrin vert.

188. Suggestions for illuminating with a series of alpha-
bets and designs for initial letters, borders, etc. by W.
Randle Harrison, illuminating artist chromo-lithogra-
phed by Vincent Brooks. *London, s. d.*; in-4, cart.
angl., tr. dor.

189. Tymms und Wyatt. The Art of illuminating as prac-
tised in Europe from the earliest times. *London*, 1860;
petit in-fol. cart., figures en chromo-lithographie.

190. Iconographie chrétienne. — Histoire de Dieu, par
M. Didron. *Paris, Imp. royale*, 1843; in-4, cart.

191. Manuel d'Iconographie chrétienne grecque et latine
avec une introduction et des notes, par **M.** Didron, traduit du manuscrit byzantin, le Guide de la peinture,
par le Dr Paul Durand. *Paris, Impr. royale*, **1845**; gr.
in-8, dem.-rel. dos et coins de maroq. rouge foncé à
nerv., tête dor., n. rog.

192. Iconographie chrétienne, ou étude des sculptures,
peintures etc., qu'on rencontre sur les monuments religieux du moyen âge, par **M.** l'Abbé Crosnier. *Paris*,
1848; in-8, br., figures.

193. Le Livret de l'Exposition faite en 1673, dans la cour
du Palais-Royal, réimprimé avec des notes par M. Anat.
de Montaiglon, et suivi d'un essai de bibliographie des
livrets et des critiques de salons depuis 1673 jusqu'en
1851. *Paris, Dumoulin*, 1852; in-8, dem.-rel. v. f.

194. Livrets des salons du musée royal, 1785-1819-1827-
1836-1838-1839-1842-1847-1852 (au Palais-Royal), 1853-
(aux Menus-Plaisirs) 1875 (palais des Beaux-Arts) 1859-
1863-1872-1873 (Champs-Élysées); — ens. 18 vol. in-12.

195. Manuel du Muséum français, par **F. E. T. M. D. L. J.
N.** — Écoles française, italienne, et flamande. *Paris.
chez Treuttel et Wurtz*, 1802-1804; 3 vol. in-8, dem.-rel.
v. f., tr. marbr., nombr. grav. au trait.

196. **Villot** (Frédéric). Notice des tableaux exposés dans
les galeries du musée national du Louvre. *Paris, Vinchon*,
3 vol. in-8, br.

Exemplaire sur papier de Hollande. Dernières éditions des trois
catalogues publiés. Les Notices étendues qu'elles renferment les ren-
dent très-précieuses; elles se composent de : 1º Écoles allemande,
flamande et Hollandaise, 1853; 2º École française, 1855; 3º Écoles
d'Italie et d'Espagne, 1864.

197. **Villot** (Frédéric). Hall, célèbre miniaturiste du
xviiiᵉ siècle, sa Vie, ses OEuvres, sa Correspondance.
Observations sur la technique de la miniature en France
et en Angleterre. *Paris, Jouaust*, 1867; in-8, br. n. rog.

Exemplaire sur chine.
On ne possédait aucun renseignement biographique sur ce prince
des miniaturistes, lorsqu'une circonstance heureuse permit à l'auteur
de consulter des papiers de famille conservé religieusement par sa
petite fille.
L'ouvrage a été tiré à 120 exemplaire sur papier vergé et à 10 seu-
lement sur papier de Chine.

199. Catalogues des musés de Caen, de Rouen, d'Angers,
Reims, Riom et Marseille ; ens. 8 vol. in-8 et in-12 br.

200. Catalogues des musées étrangers, ens. 45 vol. ou br.
in-8 et in-12, cart. et br.

Musée royal de Belgique. — Musée d'Anvers. — Galerie d'Arenberg.
— Amsterdam et La Haye. — Revue des musées d'Italie. — Galerie
de Florence. — Musée royal de Munich. — Ermitage impérial de
Saint-Pétersbourg. — Les trois musées de Londres. — Koniglische
museen.

201. Les principaux Tableaux du Musée royal à la Haye,
gravés au trait, avec leur description. *A la Haye*, 1826;
in-8, dem.-rel. v. viol. (100 planches).

202. Catalogue raisonné du musée Wiertz, précédé d'une
biographie du peintre par le Dr L. Watteau. *Bruxelles,
A. Lacroix*, 1865 ; in-18, dem.-rel. maroq. rouge jans.
à nerv. tr. peig.

203. Musée de Peinture et de Sculpture ou Recueil des
principaux tableaux, statues et bas-reliefs des collections publiques et particulières de l'Europe, dessiné au
trait et gravé à l'eau-forte par Reveil, avec des notices
descriptives, critiques et historiques par Duchesnes
aîné. *Paris, London, Audot et Bossange*, 1828-1833; 17 vol.
in-18, dem.-rel. maroq. vert foncé à nerv., n. rog.
Chiffre (*Capé*).

École italienne, 6 vol. — École française, 3 vol. — École allemande,
flamande et Hollandaise, 3 vol. — École espagnole et anglaise, 1 vol.
— Loges du Vatican, 1 vol. — Peinture, sculpture antique et moderne
1 vol. — Table, 1 vol.

204. La Gallerie du Palais du Luxembourg, peinte par
Rubens, dessinée par les sieurs Nattier et gravée par les
plus illustres graveurs du temps. *Se vend à Paris chez le
sieur Duchange, graveur du Roy*, 1710 ; gr. in-fol., dem.-
rel. bas.

Portrait de Rubens d'après Vandyck, frontispice gravé par masse,
et 23 planches.

205. Pinacotecca della Imp. Reg. Accademia Veneta; delle belle arti, illustrata da Francesco Zanotto. *Venezia*, 1830; 2 vol. gr. in-fol., dem.-rel. maroq. rouge.

206. Bilder-Brevier der Dresdner Gallerie von Julius Hübner, mit original. Radirungen von H. Bürckner U. A. *Dresden, s. d.*; in-12 carré. cart. percal. 27 grav. eaux-fortes.

207. Gemælde Sammlung in Munchen seiner K. hoheit des D. Aug. Herz von Leuchtenberg. *Munchén, s. d.*; pet. in-fol. br.

208. Catalogue des artistes de l'antiquité jusqu'à la fin du VI° siècle de notre ère, avec les statues, mosaïques, pierres gravées, vases peints, etc., portant les noms des artistes et les musées et collections particulières qui les possèdent, par M. le comte de Clarac. *Paris, Jules Renouard*, 1849; 3 vol. in-12, dem.-rel. v. f. tr. jasp. (*Capé.*)

209. Lettres d'un antiquaire à un artiste sur l'emploi de la peinture historique morale dans la décoration chez les Grecs et les Romains, par M. Letronne. *Paris*, 1836 ; in-8, dem.-rel. maroq. vert.

210. Dictionnaire historique des peintres de toutes les écoles, depuis les temps les plus reculés jusqu'à nos jours, par Ad. Siret. *Bruxelles et Leipzig*, 1848 ; in-4, dem.-rel. maroq. viol., tr. jasp.

211. Le Vite de' pite de più eccellenti pittori, scultori E. Architetti, di Giorgio Vasari, pubblicate per cura di una società di amatori delle Arti Belle. *Firenze, Felice, Le Monnier*, 1846-1857; 13 tomes en 7 vol. in-18, nombr. portr., dem.-rel. chag. vert foncé, tête jasp. (*Chiffre.*)

212. Vies des peintres, sculpteurs et architectes, par G. Vasari. Recueil de 119 portraits in-8.

213. Storia pittorica dell'Italia, di Luigi Lanzi. *Venezia*, 1837-39; 14 tomes en 5 vol. in-12, dem.-rel. v. f. (*Capé.*)

214. Histoire de la peinture en Italie, depuis la renaissance des beaux-arts jusque vers la fin du xviiie siècle, par l'abbé Lanzi, traduite de l'italien par Mme Armande Dieudé. *Paris, de l'impr. de Firm. Didot*, 1824 ; 5 vol. in-8, dem.-rel. v. ant.

215. The Schools of painting en Italy, translated fron the german of Kugler, by a lady, edited with notes by sir Charles L. Eastlake. *London, John Murray*, 1851 ; 2 vol. in-8, cart. percal. n. rog. *Nombr. planches au trait.*

216. Niccolò dell' Albate. Étude par M. Frédéric Reiset. *Paris, J. Claye*, 1859 ; br. in-8, figures.

217. Raphaël d'Urbin et son père Giovanni Santi, par J.-D. Passavant, revue et annoté par P. Lacroix. *Paris, Vve J. Renouard*, 1870 ; 2 vol. in-8, dem.-rel. chagr. vert foncé, u. rog.

218. Appendice à l'ouvrage intitulé Histoire de la vie et des ouvrages de Raphaël, par M. Quatremère de Quincy, *s. l.*, 1852 ; in-4, cart. (*2 pl. gravées.*)

219. Gustavo Uzielli. — Richerche intorno a Leonardo da Vinci. *Firenze*, 1872 ; in-8, carré, pap. vélin, br. (*Gravure.*)

220. Delle maraviglie dell' arte, overo delle Vite degl' illvstri pittori veneti e dello stato, descritte dal cavalier Carlo Ridolfi, parte seconda al molto illvstre signor Bertolo Dafino. *In Venetia*, 1648 ; 2 vol. in-4, vél. ant. fil. titre front., gr et portrait.

221. Varie Pitture de' principali maestri veneziani. *In Venetia*, 1760 ; in-fol. cart. (*24 planches gravées.*)

222. Della Pittura veneziana e delle opere pubbliche de' veneziani maestri. *In Venezia*, 1771 ; fort vol. in-8, v. éc. tr. dor.

223. Dello Amore ai Veneziani di Tiziano Vecellio. Notizie dell' ab. Giuseppe Cadorin. *Venezia*, 1833; in-4, dem.-rel. v. f., tête dor. n. rog., figures.

224. Felsina pittrice. Vite de' Pittori bolognesi, del conte Carlo-Cesare Malvasia. *Bologna*, 1841; 2 vol. in-8, dem.-rel. maroq. bistre, tr. peig. (*Portrait.*)

225. Les Chefs-d'Œuvre de la peinture italienne, par Paul Mantz, ouvrage contenant vingt planches chromolithographiques exécutées par F. Kellerhoven. 30 planches sur bois et 40 culs-de-lampe et lettres ornées. *Paris, Firm. Didot, fr.*, 1870; in-fol., pap. vél. cart., percal. verte est.

226. La Carta del navegar pitoresco, dialogo tra un senator venetian deletante e un professor de pitura, soto nome d'Ecelenza et de compare comparti in oto venti opera de Marco Boschini. *In Venetia*, 1660; in-4, front. gr., dem.-rel. vél.

227. Notizie e pensieri sopra la storia della pittura ad olio di C.-L. Eastlake, tradotti dall' inglese da Giovanni A. Bezzi. *Pietro Rolandi*, 1849; in-8, dem.-rel. maroq. vert foncé, tr. jasp.

228. Albert Durer à Venise et dans les Pays-Bas, autobiographie, lettres, journal de voyage, papiers divers, traduits de l'allemand avec des notes et une introduction par Ch. Narrey, ouvrage orné de 27 gravures sur chine. *Paris, Vve Jules Renouard*, 1866; in-4, dem.-rel. maroq. rouge jans., n. rog.

229. La Légende de sainte Ursule, d'après les anciens tableaux de l'église de Sainte-Ursule, à Cologne, reproduits en chromolithographie, publiée par F. Kellerhoven, texte par J.-B. Dutron. *Paris*, 1860; in-4, br. (Texte encadr. de figures.)

230. Les anciens Peintres flamands, leur vie et leurs œuvres, par J.-A. Crowe et G.-B. Cavalcaselle, traduits de l'anglais par O. Delepierre, annotés et augmentés de documents inédits par Alex. Pinchart et Ch. Ruelens. *Bruxelles et Paris*, 1862 ; 2 tomes en 1 vol. in-8, dem.-rel. maroq. rouge jans. à nerv., tr. jasp.

231. Rembrandt, sa vie et ses œuvres, par C. Vosmaër ; Rembrandt, ses précurseurs et ses années d'apprentissage (par le même). *La Haye*, 1863-1869 ; 2 vol. gr. in-8, br.

232. Histoire de la vie de P.-P. Rubens, chevalier et seigneur de Steen, par M. Michel. *Bruxelles*, 1771 ; in-8, portr. gr , dem.-rel. v. rose, dos orné, tr. jasp.

233. Histoire de P.-P. Rubens, suivie du catalogue général et raisonné de ses tableaux, esquisses, dessins et vignettes par André van Hasselt. *Bruxelles*, 1840 ; in-8, dem.-rel., dos et coins de maroq. viol. nerv., portrait et fac-simile.

234. Lettres inédites de P.-P. Rubens, publiées d'après ses autographes et précédées d'une introduction sur la vie de ce grand peintre, par Em. Gachet. *Bruxelles, Hayez*, 1840 ; in-8, dem.-rel. dos et c. de maroq. viol. à nerv.

235. Original unpublished Papers illustrative of the life of sir Peter-Paul Rubens, as an artist and a diplomatist, preserved in H. M. state paper office with an appendix of documents respecting, collected and edited by W.-Noël Sainsbury. *London*, 1859 ; in-8, cart. anglais.

236. Mémoires et Documents inédits sur Antoine Van Dyck, P.-P. Rubens et autres artistes contemporains, publiés par W. Hookham Carpenter, traduit de l'anglais par Louis Hymans. *Anvers*, 1845 ; pet. in-4, dem.-rel. dos et coins de maroq. rouge foncé, dos à nerfs, tr. jasp.

237. L'œuvre de Wilhem-Jacob-Jacobszoon Delff, décrit
par D. Franken. *Amsterdam*, 1872; br. in-8, portrait.

238. Velasquez et ses œuvres par William Stirling, traduit de l'anglais par G. Brunet, avec des notes et un catalogue des tableaux de Welasquez, par W. Bürger.
Paris, W.-J. Renouard, 1865; in-8, portrait, dem.-rel.,
dos et coins de maroq. rouge foncé, jans. à nerv. tête
dor.. n. rog.

239. Goya, par Charles Yriarte. Sa biographie, les fresques, les toiles, les tapisseries, les eaux-fortes et le catalogue de l'œuvre, avec 50 planches inédites. *Paris,
H. Plon*, 1867; in-4, dem.-rel. maroq. rouge.

240. The Lives of the most éminent British Painters,
Sculptors and Architects, by Allan Cunningham. *London,
Murray*, 1829; 5 vol. in-18, dem.-rel. maroq. noir., tr.
dor. *Portraits gr. sur acier et planches gr. sur bois.*

241. Modern Painters by a graduate of Oxford. *New-York*,
1862; 4 vol. in-8, cart. anglais. (*Nombr. figures.*)

242. Memoirs of the life of John Constable, composed
chiefly of his letters by C.-R. Leslie. *London*, 1845 ; in-4,
cart. angl.

243. OEuvres complètes du chev. Josué Reynolds, contenant ses discours académiques, ses notes sur le poëme
de l'Art de peindre, de Du Fresnoy, etc.; le tout traduit
de l'anglais. *Paris, Arthur Bertrand*, 1806 ; 2 vol. in-8,
portrait, dem.-rel. v. f.

244. Sir Joshua Reynolds, by William Cotton. M. A.
Edited by John Burnet. *London*, 1856; in-8, cart. angl.
Figures.

245. Life of Thomas Gainsborough, by the late Georges-
William Fulcher, edited by his son. *London*, 1856, in-12,
cart. anglais.

246. Turner and his works illustrated with examples
from his pictures and critical remarks on his principles
of painting by John Burnet, the memoir by Peter Cunningham. *London*, in-4, cart. angl.

247. The English School of painting in water-colours, its
theory and practice with the several stages of progres-
sion, accompanied with forty eight illustrations in the
first style of chromolitography, by Aaron Penley. *London, s. d.*, in-fol. cart. angl.

248. Antoine Wiertz. Étude biographique par Louis La-
barre, avec les lettres de l'artiste et les photographies
du Patrocle. *Bruxelles*, 1867 ; in-8, dem.-rel. maroq.
rouge jans. à nerv. tr. peign.

249. L'Art au xviiie siècle, par Ed. et Jules de Goncourt.
Paris, Rapilly, 1873-74 ; 2 vol. in-8, br.

250. Les Peintres de Laon et de Saint-Quentin. — De La
Tour, par Champfleury. *Paris*, 1855 ; in-8 br.

251. Les Peintres des fêtes galantes. — Watteau. — Lancret. — Pater. — Boucher, par Ch. Blanc. *Paris (Bour-
dilliat)*, 1854 ; in-18 br., 16 vignettes.

252. Éloge de Lancret, par Ballot de Sorot, accompagné
du catalogue de ses tableaux et de ses estampes, de notes
et de pièces inédites ; le tout réuni et publié par J.-J.
Guiffrey. *Paris, Baur et Rapilly, s. d.*; in-8 br.
   Tiré à 200 exemplaires sur papier de Hollande.

253. Joseph Vernet et la peinture au xviiie siècle, par
L. Lagrange. *Paris, Didier*, 1864 ; in-8, dem.-rel. dos et
coins de maroq. rouge jans. nerfs, tête dor., n. rog.

254. Mémoires pour servir à l'histoire de l'Académie
royale de peinture et de sculpture, depuis 1648 jusqu'en
1664, publiés pour la première fois par M. Anatole de
Montaiglon. *Paris, P. Jannet*, 1853 ; 2 tomes en 1 vol.,
v. porph., tr. dor.

255. Mémoires inédits sur la vie et les ouvrages des membres de l'Académie royale de peinture et de sculpture, publiés d'après les manuscrits conservés à l'École des Beaux-Arts, par MM. L. Dussieux, E. Soulié, Ph. de Chennevières, P. Mantz, A. de Montaiglon. *Paris, Dumoulin*, 1854; 2 vol. in-8, dem.-rel. v. vert, tête dor. n. rog.

256. L'Académie de France à Rome, correspondance inédite de ses directeurs, précédée d'une étude historique par A. Lecoy de la Marche. *Paris, Didier*, 1874; in-8, br.

257. Recueil des ouvrages de peinture, sculpture, architecture, gravure en taille-douce, en médailles et en pierres fines, cités dans le rapport du jury sur les prix décennaux, contenant, avec l'explication des sujets, 45 planches gravées au trait, publié par C.-P. Landon. *Paris*, 1810; in-8, cart.

258. Dictionnaire des artistes de l'École française au xixᵉ siècle, peinture, sculpture, architecture, gravure, dessin, lithographie et composition musicale par Ch. Gabet. *Paris, Mᵐᵉ Vergne*, 1831; in-8, dem.-rel. bas.

259. Louis David, son école et son temps, souvenirs par J. Delecluze. *Paris, Didier*, 1855; in-8, dem.-rel. chagr. rouge.

260. François Gérard, peintre d'histoire. — Essai de biograhie et de critique par Ch. Lenormant. *Paris*, 1847; in-8, br.

261. Géricault. Étude historique et critique avec le catalogue raisonné de l'œuvre du Maître, par Ch. Clément. *Paris, Didier*, 1868; in-8, dem.-rel. v. f., tr. jasp.

262. Prud'hon. Sa vie, ses œuvres et sa correspondance, par Ch. Clément. *Paris, Didier*, 1872; in-8, dem.-rel., dos et maroq. rouge à nerv., tête dor., n. rog.

263. Histoire des Artistes vivants, études d'après nature
par Théophile Silvestre, illustrée du portrait des artistes, gravé à l'eau-forte. *Paris, E. Blanchard,* 1875 ;
40 livraisons in-8, br.

> Ingres, Delacroix, Corot, Chenevard, Decamps, Barye, Diaz,
> Combet, Rude, H. Vernet.

264. OEuvres de J.-A. Ingres, gravées au trait sur acier,
par A^le Réveil (1800-1831). *Paris, Firmin Didot fr.* 1871 ;
in-4, dem.-cart. percal. (*102 planches.*)

265. Ingres, sa vie, ses travaux, sa doctrine par le vicomte
Henri Delaborde. *Paris, H. Plon,* 1870 ; in-8, portr.
gravé, dem.-rel. v. f.

266. Charlet, sa vie, ses lettres, suivi d'une description
raisonnée de son œuvre lithographique, par M. de la
Combe (orné d'un portrait de Charlet). *Paris, Paulin et
Lechevalier,* 1856 ; in-8, dem.-rel. cart. percal.

267. Raffet, son œuvre lithographique et ses eaux-fortes,
suivi de la bibliographie complète des ouvrages illustrés de vignettes d'apr. ses dessins, par H. Giacomelli.
Paris, 1862 ; gr. in-8, dem.-rel., dos et coins de maroq.
bleu ciel jans. nerv., tête dor., n. rog.

> Édition publiée par la Gazette des Beaux-Arts, ornée d'eaux-fortes,
> et d'un portrait par J. Bracquemond.

268. Raffet, sa vie et ses œuvres, par Aug. Bry, accompagné de deux portraits de Raffet, lithographies de deux
eaux-fortes inédites et de quatre fac-simile. *Paris,
J. Baur,* 1874 ; in-8, br.

269. Souvenirs sur Th. Rousseau, par Alf. Sensier. *Paris,
L. Techener et Durand-Ruel,* 1872 ; gr. in-8, br., portrait.

270. Henri Regnault, sa vie et son œuvre, par Henri
Cazalis, avec un portrait gravé par Blanchard. *Paris,
Alph. Lemerre,* 1872 ; in-18, br. — Correspondance de
Henri Regnault annotée et recueillie par Arthur Duparc,
suivie du catalogue complet de l'œuvre et orné d'un
portrait gravé à l'eau-forte. *Paris, Charpentier,* 1872 ;
in-18, dem.-rel. maroq. r.

271. Catalogue de la belle et riche collection de tableaux anciens des Écoles française, flamande, hollandaise, italienne et allemande. *Bruxelles*, 1559 ; br. in-8. 21 figures.

272. Quinze tableaux peints par N. Diaz, provenant de la collection de M. L. F., 1868 ; br. in-8 ((*15 photographies.*

273. Collections San Donato. — Tableaux, marbres, dessins, aquarelles et miniatures. *Paris*, 1868-1870 ; 2 vol. gr. in-8, br. (*64 gravures à l'eau-forte.*)

274. Trois Tableaux de F. Boucher, texte par Luquet, gravés à l'eau-forte par Martial. *Paris, Cadart* ; br. in-4.

275. Collection Paturel. — Tableaux modernes. *Paris*, 1872 ; br. in-8 (*Avec les prix d'adjudication et 11 eaux-fortes.*)

276. Collection de feu le baron Michel de Trétaigne. — Tableaux modernes. *Paris*, 1872 ; in-8 br. (*18 gravures à l'eau-forte.*)

277. Collection Hodshon. — Tableaux anciens. *Paris*, 1872 ; gr. in-8, br. (*25 gravures à l'eau-forte*).

278. Catalogue de Tableaux de premier ordre, anciens et modernes composant la galerie de M. le marquis de la Rochebrune. *Paris*, 1873 ; in-4, br. 31 eaux-fortes.

279. Catalogue de Tableaux modernes composant la collection de M. Faure. *Paris, Pillet*, 1873 ; gr. in-8, br. (*28 gravures eaux-fortes.*)

280. Catalogue des tableaux et dessins de feu C. Dutilleux. *Paris*, 1874 ; gr. in-8 br. 46 gravures.

281. Catalogues de tableaux, d'estampes, objets d'art, etc., collection d'Aigremont, Cél. Nanteuil, Dr Pons, L. Becker, Clésinger, Marmontel, Ed. Fould, maréchal Soult, Stanislas Baron, duc de Persigny, Th. Gautier, etc. Ens. 16 vol. in-8 br.

282. Galerie de M. Pereire. — Catalogue. *Paris*, 1872 fort vol. in-8, br. 48 gravures à l'eau-forte.

B. — Sculpture, Ciselure, Bijoux

283. Essai sur le classement chronologique des sculpteurs grecs les plus célèbres (par Emeric David). *Paris* (*Firm. Didot, s. d.*); plaq. in-8 de 38 pages, dem.-rel. dos et coins de v. vert.

Avec une lettre autogr. sig. de l'auteur.

284. Anatomie du Gladiateur combattant, applicable aux beaux-arts, ou traité des os, des muscles, du mécanisme des mouvements, des proportions et des caractères du corps humain, ouvrage orné 22 planches par Jean-Galbert Salvage. *Paris*, 1812 ; gr. in-fol., cart.

Exempl. en papier vél., figures en couleurs.

285. Catalogue illustré d'Armes anciennes, européennes et orientales du temps des Croisades. *Bruxelles*, 1854 ; br. in-4, 6 planches de nombr. figures.

286. Vita di Benvenuto Cellini, scultore fiorentino, scritta da lui medesimo, ed arricchita d'illustrazioni e documenti dal dottor Francesco Tassi. *Firenze*, 1829 ; 3 vol. in-8, dem.-rel. maroq. bistre à nerv. (*Capé*).

287. I Trattati dell'oreficeria e della scultura di Benvenuto Cellini, per cura di Carlo Milanesi. *Firenze*, 1857 ; in-18, dem.-rel. v. rose.

288. Les Terres émaillées de Bernard Palissy, étude sur les travaux du Maître et de ses continuateurs, suivie du catalogue de leur œuvre par A Tainturier. *Paris, Didron et Renouard*, 1863 ; in-8, br., figures.

289. Traité d'orfévrerie, bijouterie et joaillerie, par Placide Boué. *Paris, Delaunay*, 1832 ; 2 tomes en 1 vol. in-8, planches, dem.-rel. v. ant.

290. Book of sundry, principaly serving for glasiers, by Henry Shaw. *London, W. Pickering*, 1848 ; in-8, cart. angl. (117 planches.)

291. Les Gemmes et Joyaux de la Couronne, publiés et expliqués par Henry Barbet de Jouy, 60 planches dessinées et gravées à l'eau-forte d'après les originaux, par J. Jacquemont. *Paris, Musée du Louvre*, 1865 ; 2 parties en ff. dans 2 cartons, pap. Hollande.

———

C. — Gravure, Livres à figures

292. L'Art de graver au pinceau, nouvelle méthode mise au jour par M. Stapart. *Paris*, 1773 ; pet. in-8, dem.-rel., dos et coins de maroq. rouge fil.

293. Traité de la Gravure à l'eau-forte, texte et planches prr Maxime Lalanne. *Paris, Cadart et Luquet*, 1866 ; gr. in-8 br.

294. Essai typographique et bibliographique sur l'histoire de la gravure sur bois, par Ambr.-Firm. Didot, pour faire suite aux Costumes anciens et modernes de César Vecellio. *Paris*, 1863 ; in-8 br.

295. Catalogue raisonné de toutes les estampes qui forment l'œuvre de Rembrandt et des principales pièces de ses élèves. Éd. publ. par M. le chev. de Claussin. *Paris, Firm. Didot*, 1824 ; in-8, dem.-rel. bas.

296. A Catalogue raisonné of the engraved Works of sir Joshua Reynolds, from 1755 to 1820, by Edward Hamilton. *London*, 1874 ; gr. in-8 cart. angl.

297. Catalogue de l'œuvre gravé et lithographié de R.-P. Bonnington, par Aglaüs Bouvenne, avec un portrait gravé par A. Delauney et plusieurs fac-simile. *Paris, Baur et Detaille*, 1873 ; in-8, br.

298. Notice sur la collection des portraits de Marie-Stuart, appartenant au prince Alex. Labanoff, précédée d'un résumé chronologique. *Saint-Pétersbourg*, 1856 ; gr. in-8, dem.-rel. maroq. rouge.

299. Recueil de gravures au trait, à l'eau-forte et ombrées, d'après un choix de tableaux de toutes les écoles, recueillis dans un voyage fait en Espagne, au midi de la France et en Italie, dans les années 1807 et 1808, par M. Lebrun. *Paris, de l'impr. de Didot jeune*, 1809 ; 2 tomes en 1 vol. in-8, dem.-rel., v. bl. (*178 planches*.)

300. L'OEuvre de Ch. Jacques, catalogue de ses eaux-fortes et pointes sèches, dressé par J.-J. Guiffrey, avec une eau-forte inédite. *Paris, Mlle Lemaire*, 1866, in-8, br.

301. Mavelot. Livre de chiffres, *s. l. n. d.* ; in-8 v., 21 et 58. *Planches.*
     Il manque le titre et quelques planches.

302. Mavelot. Livres de différents cartouches, 1685 ; in-12 v.
     30 planches, piqures de Vers.

303. Choix de costumes civils et militaires des peuples de l'antiquité, leurs instruments de musique, leurs meubles et les décorations intérieures de leurs maisons, d'après les monuments antiques, avec un texte tiré des anciens auteurs ; dessiné, gravé et rédigé par M. X. Villemin. *Paris, de l'impr. de P. Plassan*, 1798 ; 2 vol. gr. in-fol , dem.-rel. bas. n. rog. *180 planches gravées.*

304. Panoplia omnium artium edita per Schopperum. *Francof. ad Mœn.*, 1568 ; pet. in-8, figures vélin.
     Exemplaire dérelié.

305. Descrizione del regale apparato per le nozze della Ser. Madama Cristina di Loreno, descritta da Raffaelo Gualterotti. *In Firenze*, 1589 ; in-fol. ca·t, figures. 172 pages et 4 ff. de table.
     Exemplaire raccomodé ; il manque les ff 59 et 139.

306. Pauli Jovii Elogia virorum, bellica virtute, illus-
trium. *Basilæ*, 1596 ; in-fol. bas. Figures et encadre-
ments.

307. De Vita, moribus et rebus gestis omnium ducum et
Venetorum historia, authoribus Petro Marcello, patricio
veneto, Sylvestro Girello et H. Kellnero, 1573 ; pet. in-8
dem.-rel. vélin. (Nombreux portraits.)

308. Pompa introitus Ferdinandi Austriaci Aust. Infantis
a S. P. Q. Antuerp. decreta et adornata. *Antuerpiæ*, 1641 ;
in-fol. Figures d'après Rubens.

309. Tableaux du temple des mvses, tirez du cabinet
de fev M. Faverear, avec les descriptions, remarques et
annotations composées par M. Michel de Marolles, abbé
de Villeloin. *A Paris, chez Nicolas l'Anglais*, 1655 ; in-fol.
dem.-rel. v. ant. (*Planches gravées.*)

310. Tutti i trionfi, carri, mascherate o canti carnasciales-
chi andati per Firenze dal tempo del magnifico Lorenzo
de' Medici. *In Cosmapoli*, 1750 ; 2 vol. in-4 v. ant. fil.
(Portraits.)

311. Handzeichnungen zu Gœthe's Balladen und Roman-
zen, von Eug. Neureuther. *Munchen*, 1829 ; in-fol. cart.
4 parties en 1 vol. in-fol. cart. 40 planches.

312. Gœthe. Album, von Ludwig Richter. *Leipzig*, 1856.
40 planches in-4 dans un carton.

313 Richter, Album von Ludwig Richter. *Leipzig*, 1855 ;
2 vol. in-4 cart., n. rog.

314. Birket Foster's Pictures of english landscape (engraved by the brothers Dalzieb), with pictures in woods, by
Tom Taylor. *London.* 1864 ; in-8 cart. angl. 80 planches
gravées.

315. Paris qui s'en va et Paris qui vient, œuvre artistique
et littéraire dessinée et gravée par Léopold Flameng.
Paris, Alf. Cadart, s. d.; in-4 br. 27 planches.

316. D'après nature, par Gavarni, texte par MM. Jules Janin, P. de Saint-Victor, Ed. Texier, Ed. et J. de Goncourt. *Paris, Morizot*; 4 parties in-4 br. (*40 planches.*)

217. Introduction à l'étude des médailles et des pierres gravées, par A.-L. Millin. *Paris*, 1796-97 ; in-8 v. rac. et in-8 br.

———

D. — Architecture

318. Le Vignole moderne ou Traité élémentaire d'architecture où sont expliqués les accessoires de J.-B. de Vignole, composé et gravé par J.-R. Lucotte, 1781. *Paris*, 1781. 2 parties en 1 vol. in-4 v. ant. *36 planches pour la 1re partie et 36 pour la seconde.*

319. Vignole. Traité élémentaire pratique d'architecture ou Étude des cinq ordres, d'après Jacques Barozzio de Vignole, ouvrage divisé en 72 planches, composé, dessiné et mis en ordre par J.-A. Lercil, architecte, et gravé sur acier par Hibon. *Paris, Garnier fr.*; in-8 br.

320. Le Vignole universel à l'usage du constructeur, du propriétaire et de l'ouvrier, contenant les ordres d'architecture avec 56 planches et un dictionnaire complet et explicatif de tous les termes employés dans le bâtiment, par E. Hocquart. *Paris*, 1853; in-18 dem.-rel. chagr. viol.

321. Histoire de l'art monumental dans l'antiquité et au moyen âge, suivie d'un Traité de la peinture sur verre, par L. Batissier. *Paris, Furne*, 1845 ; petit in-4, fig. ins. dans le texte. dem.-rel. maroq. vert tr. jasp.

322. Le Palais de Scaurus ou Description d'une maison romaine. *Paris, Firmin Didot*, 1822; in-8. 12 planches gravées, dem.-rel. chagr. vert n. rog.

323. Éléments d'archéologie nationale précédés d'une histoire de l'art monumental chez les anciens, par le docteur Louis Batissier. *Paris, Leleux*, 1843; in-18 dem.-rel. maroq. viol., fig. ins. dans le texte.

324. Dictionnaire iconographique des monuments de l'antiquité chrétienne et du moyen âge, depuis le Bas-Empire jusqu'à la fin du xvie siècle, par J. Guenebault. *Paris, Leleux*, 1843. 2 vol. gr. in-8, texte à deux col., dem.-rel. v. rose fil.

325. Dictionnaire iconographique des monuments de l'antiquité chrétienne et du moyen âge, depuis le Bas-Empire jusqu'à la fin du xvie siècle, par L.-J. Guenebault. *Paris, Leleux*, 1845 ; 2 vol. in-8 br.

326. Du Symbolisme dans les églises du moyen âge, par MM. J. Mason, Neale et Benj. Webb., traduit de l'anglais, avec une introduction et des notes, par l'abbé Bourassé. *Tours, Mame*, 1847 ; in-8, dem.-rel. v.

327 Manuel d'architecture religieuse au moyen âge, par A. Peyré, enrichi de figures, par Tony Desjardins. *Paris, Victor Didron*, 1848; in-18 dem.-rel. v. vert. (24 planches.)

328. Abécédaire ou Rudiment d'archéologie, par M. A. de Caumont. — Architecture religieuse. *Caen, F. Le Blanc Hardel*, 1868; fort vol. in-8, portrait et figures intercalées dans le texte, dem.-rel. maroq. rouge n. rogn.

329. Description historique et graphique du Louvre et des Tuileries, par M. le comte de Clarac, précédée d'une notice biographique sur l'auteur, par M. Alf. Maury. *Paris, Impr. impériale*, 1853 ; gr. in-8 dem.-rel. v. f. tête dor. non rog. (*Planches.*)

30. Il Palazzo ducale di Venezia, illustrato da Francesco Zanotto. *Venezia*, 1846-1861 ; 4 vol. in-4. demi-rel. maroq. rouge, dos à nerfs, n. rog. (*Nombr. pl. gravées au trait.*)

331. Rustic adornments for homes of taste and recrea-
tions for townfolk in the study and imitation of nature,
by Shirley Nibbud. *London*, 1857 ; in-12 cart. anglais,
tr. dor.

332. Lectures on architecture and painting delivered at
Edinburg, by John Ruskin. *London*, 1855 ; in-8 cart.
angl.

333. Dictionnaire raisonné du mobilier français de l'époque carlovingienne à la Renaissance, par M. Violet-le-
Duc. *Paris*, *Bance*, 1868 ; in-8, dem.-rel, maroq. rouge
tr. jasp. Figures noires et en couleurs.

334. Études céramiques, recherche des principes du beau
dans l'architecture, l'art céramique et la forme en général. *Paris*, 1850 ; in-8 br.

———

E. — Musique

335. Esthétique musicale. — Technie ou lois générales
du système harmonique, par le comte Camille Durutte
d'Ypres. *Paris et Metz*, 1855 ; in-4, demi-rel. maroq. r.

336. Biographie universelle des musiciens et biographie
générale de la musique, par F.-J. Fétis. *H. Fournier*,
1835 ; 8 tomes en 4 vol. gr. in-8., texte à deux col.,
dem.-rel., dos et coins de maroq. bleu tr. jasp.

337. Chapelle. Musique des rois de France, par Castil-
Blaze. *Paris*, *Paulin*, 1832 ; in-8, demi-rel., dos et coins
de maroq. bleu fil.

338. Histoire de la musique dramatique en France depuis
ses origines jusqu'à nos jours, par Gustave Chouquet.
Paris, *Firmin Didot fr.*, 1873 ; gr. in-8 br.

339. Instructions du comité historique des arts et monuments. — (Musique, par M. Bottie de Toulmon. — Monuments religieux, par M. Alb. Lenoir. — Style roman et style gothique. *Paris, Imprimerie royale*, 1840 ; 3 br. in-4.

340. Nouvelle biographie de Mozart suivie d'un aperçu sur l'histoire générale de la musique et de l'analyse des principales œuvres de Mozart, par Alex. Oulibicheff. *Moscou*, 1843 ; 3 vol. gr. in-8, demi-rel., dos et coins de maroq. vert foncé, fleurons, tr. peig.

341. Beethoven. Ses critiques et ses glossateurs, par Alex. Oulibicheff. *Leipsig et Paris*, 1857 ; gr. in-8, cart. n. rog.

———

F. — Collections d'Objets d'art

342. Catalogo ragionato dei libri d'arte e d'antichità posseduti dal conte Cicognara. *Pisa*, 1821 ; 2 tomes en 1 vol. in-8, dem-rel. v. vert tr. jasp.

343. Liste des principaux objets de sciences et d'arts recueillis en Italie par les commissaires du gouvernement français ; *s. l. n. d.*; in-fol. cart. de 27 pages.

344. Le Cabinet de l'amateur et de l'antiquaire, revue des tableaux et des estampes anciennes, des objets d'art, d'antiquité et de curiosité. *Paris*, 1842-46 ; 4 vol. in-8, dem.-rel. v. bleu. Nombreuses figures sur bois et planches gravées.

> Les deux premiers volumes sous la direction de M. *Eug. Piot*, les deux derniers sous celles de M. *Piot et Fr. Villot*. La Fameuse gravure du fumeur de Meissonnier se trouve sur chine volant.

345. Le Cabinet de l'amateur, par M. Eug. Piot (nouvelle sér.). *Paris, Firmin Didot fr.*, 1861 ; in-8 br. Figures.

346. Une Vente d'actrice sous Louis XVI. Mlle Laguerre, de l'Opéra, son inventaire, avec une introduction et des notes, par le baron Ch. Davillier. *Paris, Jouaust,* 1870; br. de 51 pages. Portrait à l'eau-forte par Gilbert.

347. Catalogue raisonné des différents objets de curiosité dans les sciences et arts qui composaient le cabinet de feu M. Mariette, par F. Basan, graveur. *Paris,* 1775; in-8, dem.-rel. v. ant., avec prix d'adjudication, manuscrits et noms d'acquéreurs, titre front. gr. et 2 fig. gr. par Cochin.

348. Catalogue d'objets rares et curieux du plus beau choix provenant du cabinet de M. Le Brun. *Paris,* 1791; in-8 br. *avec les prix d'adjudication manuscrits.*

349. Collection d'objets d'art de M. le duc de Morny, par Alb. Jacquemart. *Paris, Claye,* 1863, br. gr. in-8 de 53 pages. Gravures.

BELLES-LETTRES

350. Pollucis Onomasticon gr. et lat. *Amstel,* 1706; 2 vol. in-fol. v., fr. gravé.

351. Dictionnaire des abréviations latines et françaises usitées dans les inscriptions lapidaires et métalliques, les manuscrits et les chartes du moyen âge, par L. Alph. Chassant. *Paris, Aug. Aubry,* 1862; in-8 cart. n. rog.

352. Essay sur la manière de traduire les noms propres françois en latin, dédié à messire Vauquelin de Vrigny, par M. Du Pont, avocat au parlement. *A Paris, chez Pierre Witte,* 1770; in-12 v. ant.

353. Des Variations du langage français depuis le xiiie siècle, par F. Génin. *Paris, Firmin Didot fr.*, 1845; in-8, dem.-rel. v. f. t. dor. n. rog.

354. Remarques sur la langue française au xixe siècle, sur le style et la composition littéraire, par M. Francis Wey. *Paris, chez Firmin Didot fr.*, 1845; 2 vol. in-8, dem.-rel. v. ant.

355. Observations sur l'orthographie française, suivies d'une histoire de la réforme orthographique depuis le xve siècle jusqu'à nos jours, par Ambr.-Firmin Didot. *Paris*, 1868, in-8 br.

356. Grammaire nationale de Bescherelle. *Paris*, 1840; gr. in-8, dem.-rel. v. ant.

357. Dictionnaire universel de la langue française, avec le latin et l'étymologie, par Boiste, 12e édition, revue et corrigée, par MM. Ch. Nodier et L. Barré. *Paris. Firmin Didot*, 1847; gr. in-4. texte à 3 col., dem.-rel. chagr. bleu.

358. Examen critique des dictionnaires de la langue française, par Ch. Nodier. *Paris, Delangle fr.* 1829; in-8, dem-rel.. v. f. tr. jasp.

359. Vocabolario degli accademici della Crusca. *Venezia*, 1741; 6 vol. in-4 vélin.

360 Dizionario del dialetto veneziano di Giuseppe Boerio. *Venezia*, 1829; in-4 cart.

361. Nuovo dizionario dei sinonimi della lingua italiana di Niccolo Tommaseo. *Milano*, 1854. 2 vol. gr. in-8, dem.-rel. chagr. noir tr. jasp.

362. Diccionario de la lengua castellana. *Madrid, Ibarra*. 1771; in-fol. dem-rel.

363. Diccionario francés-espanol y espanol-francés, por Domingo Gildo. *Paris*, 1860, 2 vol. in-12 cart. percal.

364. Nouvelle méthode pour apprendre à lire, à écrire et à parler une langue en six mois, appliquée à l'anglais, par Ollendorff. *Paris*, 1854; in-8, dem.-rel. v. f.

365. Dictionary of the English and French languages by professor Tibbins. *Paris, Firmin-Didot*, 1856; in-4, dem.-rel. v. f.

366. Nouvelle méthode pour apprendre à lire, à écrire et à parler une langue en six mois appliquée à l'allemand, par G. Ollendorff. *Paris, s. d.*; in-8, dem.-rel. maroq. vert foncé à nerv.

367. Nouveau dictionnaire français-allemand et allemand-français, par A. Thibaut. *Brunswick*, 1856; 2 tomes en 1 vol. in-8, dem.-rel. maroq. br. tr. jasp.

368. Grammaire élémentaire de la langue turque suivie de dialogues familiers avec la prononciation figurée et la traduction française en regard, par M. Mallouf. *Paris*, 1862; in-8, dem.-rel. chagr. rouge.

369. Alphabet mantchou rédigé d'après le syllabaire et le dictionnaire universel de cette langue, par L. Langlès. *A Paris, de l'Imprimerie impériale*, 1807; gr. in-8, dem.-rel. v. aut.

370. Éléments de la grammaire mandchoue, par H. Conon de La Gabelentz. *Altenbourg*, 1832, in-8, cart. — Linguæ mandshuricæ Institutiones, auxit Franciscus Kaulen. *Ratisbonæ*, 1856; in-8 cart.

———

371. Anthologia, sive Florilegium diversorum epigrammatum. *H. Stephanus, anno* 1566; petit in-fol. vélin.

372. Homeri. Ilias et Odyssea, cum scholiis Didymi accurante Schrevelio. *Lugd Bat.* 1656; in-4 mar. r.

373. Homère. Iliade et Odyssée, traduction nouvelle accompagnée de notes, d'explications et de commentaires, par Eug. Dareste, illustrée par MM. A. Titeux et A. de Lemud. *Paris, Lavigne*, 1842-43; 2 vol. in-8, dem.-rel. maroq. viol. n. rog.

374. Dictionnaire complet d'Homère et des homérides, par N. Theil et Hipp. Hallez d'Arros. *Paris, L. Hachette*, 1841; in-8 bas. verte.

375. Les Amours de Léandre et de Héro : poëme de Musée, le grammairien, traduit de grec en français avec le texte. *Paris, Nyon le jeune*, 1784; in-16 v. ant. Gravure de Cochin.

376. Fabulæ Æsopi, edidit Fr. de Fvria. *Lipsiae*, 1810; 4 parties en 1 vol. in-8, dem.-rel. v. ant.

377. Les Métamorphoses d'Ovide, en latin et français, divisées en quinze livres avec de nouvelles explications historiques, morales et politiques sur toutes les fables. de la traduction de M. Pierre Du Ryer, Parisien. Édition enrichie de très-belles figures. *A Bruxelles, chez Fr. Foppens*, 1677; gr. in-fol. bas.

Exemplaire raccomodé et incomplet.

378. Phœdri Fabulæ. *Oliva Rob. Stephani*, 1617; in-4 mar. r. fil. tr. dor.

Aux chiffre de Peiresc. Il a appartenu à Jean Du Tilliot, qui a mis une grande note sur la garde.

379. L'Historial du jongleur : Chroniques et Légendes françaises publiées par MM. F. Langlé et Ém. Morice, ornées d'initiales, vignettes et fleurons imités des manuscrits originaux. *Paris, Firmin Didot*, 1839; gr. in-8 cart., carac. goth.

380. Fables choisies, mises en vers par M. de La Fontaine, avec un nouveau commentaire par M. Coste. *Paris*, 1787. 2 vol. in-12: Portrait et figures à mi-pages, v. rac. fil.

381. La Reliure, poëme didatique en six chants, par
Lesné, relieur. *Paris*, 1827; in-8. Préparé pour la
reliure.
> Tiré à 125 exemplaires.

382. Alfred de Musset. OEuvres. *Paris, Charpentier*,
1863-64 ; 8 vol. in-18, dem.-rel. chagr. rouge.
> Poésies, 2 vol. — Comédies et Proverbes, 2 vol. — Confession. —
> Contes et nouvelles, 2 vol. — OEuvres posthumes.

383. Le Parnassiculet contemporain, recueil de vers nouveaux, précédé de l'Hôtel du Dragon-Bleu, et orné d'une
très-étrange eau-forte. *Paris, J. Lemer*, 1867 ; br. in-18
de 36 pages.

384. La Divina Commedia di Dante Alighieri, col comento
di Pietro Fraticelli. *Firenze, Barbera,* 1864 ; in-18, dem.-
rel. dos et coins de maroq. orange fil. Portrait.

385. Lo Inferno della Commedia di Dante Aligheri, col
comento di Guiniforto delli Bargigi, tratto da due ma-
noscritti inediti del secolo decimo quinto con introdu-
zione et note dell' aw. G. Zacheroni. *Marsillia-Firenze*,
1838 ; fort vol. in-8, dem.-rel. v. bleu n. rog. Figures.

386. L'Enfer, le Purgatoire et le Paradis de Dante Aligheri, traduit en français par M. Artaud. *Paris, Firmin
Didot*, 1828 ; 9 tomes en 3 vol. in-16 avec les trois fron-
tispices, dem.-rel. v. ant. n. rog.

387. La Divine Comédie, de Dante Alighieri, traduite en
vers français par M. Antoine Deschamps. *Paris, Gosselin*,
1829 ; in-8, figure, dem.-rel. v. f.

388. OEuvres de Dante Alighieri : la Divine Comédie,
l'Enfer, le Purgatoire, le Paradis, traduction nouvelle
par Séb. Rhéal, illustrations par Ant. Etex. *Paris,
J. Brix*, 1854 ; in-8, dem. rel. chagr. viol.

389. La Divina Commedia di Dante Alighieri : l'Inferno,
il Purgatorio et il Paradiso, composto Giovan. Flaxman,
scultore. *Inglese*, 1802 ; 111 planches gravées au trait,
in-4 cart. obl.

390. Petrarca. Le Rime. *Modena*, 1711; in-4 vélin.

391. Poésies de Pétrarqué, traduction complète par le comte F.-L. de Gramont. *Paris, P. Masgana*, 1842. — Pétrarque. Étude d'après de nouveaux document, par A. Mézières. *Paris Didier*, 1868; in-18 br.

392. La Vita di M. Lodovico Ariosto scritta dall' abbate Girolamo Baurufaldi. *Ferrara*, 1807; in-4 cart. n. rog. Portrait.

393. La Vie de Pierre Arètin, par M. de Boispreaux. *A la Haye, chez Jean Neaulme*, 1750; in-12. Portrait; v. ant. fil. tr. dor.

394. Poésies de Michel-Ange Buonarroti, peintre, sculpteur et architecte florentin, traduites de l'italien avec le texte en regard, par A. Varcollier. *Paris, Hesse*, 1826, in-8 br.

395. ORLANDO FVRIOSO di M. Lodovico Ariosto, con cin que nvovi canti del medesimo. *In Venetia, per Gio. Andrea Valuassori detto quadagnino*, 1566; pet. in-f. réglé, texte à deux col. vélin blanc, orn. sur les plats, tr. dor.
Très-bel exemplaire.

396. Orlando furioso, di Lodovico Ariosto. *In Lyone, appresso Gugliel, Rovillio*, 1570; in-16, parchem. emboitant le vol.

397. Roland furieux, poëme héroïque de l'Arioste, nouvelle traduction par MM. Panckoucke et Framery. *Paris, chez Plassan*, 1787; 10 vol. in-16, v. rac. dent. tr. dor.

398. Poesie siciliane dell' abbate Giovani Melidot. in medi. cina. *In Palermo*, 1814; 6 tomes en 3 vol. in-18, dem.-rel. maroq, br.

399. The Pilgrim's progress from this world to that which is to come, by John Bunyan, illustrated with one hundred and ten designs, by J.-D. Watson. *London*, 1861; in-4 cart. angl.

400. Poems of James Montgomery, selected and edited by.
— Robert Aris Willmott illustrated with hundre designi
byJohn Gilbert. *London,* 1860; in-4 cart. anglais tr. dor.

401. Poems by Alfred Tennyson, with illustrations by
Millais, Stanfield, etc. *London,* 1866; fort vol. in-8. cart,
auglais, tr. dor.

402. The Poets of the nineteenth century selected and
edited by the Rev. Robert and Willmott illustrated with
one hundred engravings. *London,* 1866; in-8, cart.
anglais.

403. Odes and sonnets illustrated. *London,* 1863; in-8
carré, cart. angl., tr. dor.

404. Fables de Lokman, surnommé le Sage, en arabe et
en français, par MM. Léon et Henri Hélot. *Paris,
Th. Barrois,* 1847; br. in-8.

405. Tragédies d'Euripide, traduites du grec par M. Artaud. *Firmin Didot,* 2 vol. in-18 br. — Études sur les
tragiques grecques. — Sophocle, par M. Patin. *Hachette,*
1858; in-18, dem.-rel. — Comédie d'Aristhophane.
Firmin Didot, 1855; 2 vol. in-18, dem.-rel. — OEuvres
de Suétone. *Garnier fr.,* 1865; in-18, rel. — OEuvres de
Virgile. *Garnier fr.,* 1859; in-18, dem.-rel. — Histoire
d'Hérodote. *Lefèvre et Charpentier,* 1842; in-18, dem.-rel.
— Comédie de Térence. *Lefèvre,* 1845; in-18, dem.-rel.
— La Vie et les écrits de Platon, par Ed. Chaignet.
Paris, Didier; in-18 br.

406. Théâtre de Plaute, traduction nouvelle accompagnée
de notes, par J. Naudet. *Paris, Lefèvre,* 1845; 4 vol.
in-12, dem.-rel. maroq. orange.

407. Adam, représentation de la chute du premier
homme, imitation libre du drame anglo-normand du
XII° siècle que M. Victor Luzarche a publié pour la première fois en 1855. *Paris, imp. de Wittersheim,* 1875;
br. in-4 de 78 pages.

408. OEuvres de Molière avec les notes de tous les com,
mentateurs, publiées par L.-Aimé Matin. *Paris, Lefèvre-*
1837; 4 vol. in-8, portrait, dem.-rel. v. viol.

409. Histoire de la vie et des ouvrages de Molière, par
J. Taschereau. *Paris, Hetzel,* in-18 br. Portrait.

410. Lexique comparé de la langue de Molière et des écrivains du xviie siècle, par F. Génin. *Paris, Firmin Didot
frères,* 1846; in-8, dem.-rel., v. f., tit. dor., n. rog.
(*Capé*).

411. OEuvres complètes de J. Racine, précédées d'une
notice sur sa vie, par M. Auger. *Paris, Lefèvre,* 1837;
2 vol. in-8, portrait gravé par Hopwood, dem.-rel.,
v. f.

412. OEuvres de Racine (tome VIIIe) et Album de Racine.
Paris, L. Hachette, 1873; 2 vol. in-8 br.

413. OEuvres de Regnard. *Paris, Herhan,* 1305; 4 vol.
in-16, portrait de Rigaud, v. éc.

414. Théâtre des boulevards ou Recueil de parades. *A
Mahon,* 1756; 3 vol. in-12, gravure, v. rac.

415. Tragedie classiche italiane. *Firenze,* 1826; gr. in-8,
texte à deux col., cart., n. r.

416. Comédie des svpposez de M. Lovys Arioste, italien et
françois pour l'utilité de ceux qui désirent scauoir la
langue italienne. *A Paris, pour Hierosme de Marnef,* 1585;
pet. in-8, v. f. ant., fil.

417. The Plays of Shakespeare, edited by Howard Staunton, the illustrations by John Gilbert. *London, G. Rout-
ledge,* 1858-60; 3 vol. gr. in-8, texte à deux col., dem.-
rel. maroq. br., tr. peign.

418. OEuvres complètes de Shakspeare, traduction par
Benjamin Laroche. *Paris, Ch. Gosselin,* 1842-43; 7 tomes
en 4 vol. in-18, dem.-rel. v. f., tr. jasp.

419. OEuvres dramatiques de Schiller, traduites de l'allemand par M. H. Meyer, nouvelle édition précédée d'une notice biographique et littéraire. *Paris, Am. Saintin,* 1837; gr. in-8, portrait, texte à deux col., dem.-rel. v.

420. OEuvres de Rabelais. *Paris, Ledentu,* 1835; in-4, texte à deux col., portrait dem.-rel. v. ant.

421. OEuvres de François Rabelais, publiées par P.-L. Jacob, illustrées par Gustave Doré. *Paris, J. Bry,* 1854; in-4, dem.-rel. v. rose.

422. Mémoires du comte de Grammont par le ch. Ant. Hamilton. *A Londres,* 1776; 2 vol. in-16, v. porph., fil., tr. dor.

423. Histoire de Gil-Blas de Santillane, par Le Sage, vignettes par Jean Gigoux. *Paris, Paulin,* 1835; gr. in-8, dem.-rel., dos et coins de maroq. viol., fil., tr. jasp.

424. Lettres persanes. *A Cologne (à la Spèhre),* 1731; 2 tomes en un vol. in-8, v. f. ant.

425. Candide ou l'Optimisme, traduit de l'allemand de M. le D' Ralph, par M. de V. (Voltaire). *S. l.,* 1759; pet. in-8, v. ant.

426. Zadig ou la Destinée, histoir. orientale. *S. l.,* 1740; in-12, v. ant.

427. Contes et Légendes, par Léon de Laujon, ouvrage illustré par Doré, Bertall, Foulquier, Castelli, Morin. *Paris, Hachette,* 1862.

428. Le Diable amoureux, par J. Cazotte, précédé de sa vie, de son procès, et de ses prophéties et révélations, par Gérard de Nerval, illustré de 200 dessins par Ed. de Beamont. *Paris, L. Ganivet,* 1854; in-8, portrait, dem.-rel. maroq. noir.

429. Les Contes normands de Jean de Falaise, avec les dessins de l'ami Job. *Caen, Ruppalley*, 1842; in-16 br.

430. Chamfleury. La Sensation de Josquin. *Mich. Lévy*, 1859. — La Belle Paule. *Lacroix*, 1867. — Ma tante Péronne. *Ach. Faure*, 1867. — Ens. 4 in-18, cart. percal. bleue, tr. jasp.

431. Stendhal. — La Chartreuse de Parme. *Paris, Hetzel*, 1846; in-18 cart. — Correspondance inédite précédée d'une introduction par Prosper Mérimée. *Paris, Mich. Lévy fr.*, 1875; 2 vol. in-18, portrait, dem.-rel., maroq. vert.

432. Georges Sand. — La petite Fadette. — Les Maîtres mosaïtes. — La Famille de Germandre. *Paris, Mich. Lévy*, 1858-61-62; 3 vol. in-18, cart. et br.

433. L'Ingénieux hidalgo Don Quichotte de la Manche, par Miguel de Cervantes Saavedra, traduit et annoté par Louis Viardot. *Paris, J. Dubochet*, 1838; 4 vol. in-18, dem.-rel., v. vert, tr· jasp.

434. Aventures et Espiégleries de Lazarille de Tormes, écrites par lui-même, nouvelle édition ornée de quarante figures dessinées et gravées par N. Ransonnette. *Paris, de l'imp. de Didot jeune*, 1801; 2 tomes en 1 vol. in-8, v. rac.

435. Le Décaméron de M. Jehan Boccace florentin, tradvict d'italien et françois, par maistre Antoine Le Maçon. *A Paris*, chez Martin le jeune, à l'enseigne S. Christophe, 1559; pet. in-8, v. f. ant.

436. Novelle galanti edite ed inedite del P. Anatasio da Verrocchio. *Londra*, 1800; 3 tomes en 1 vol. in-12, v. f. ant., fil., tr. marb.

437. Tom Jones ou l'Enfant trouvé, par Fielding, traduction nouvelle par Léon de Wailly. *Paris, Charpentier*, 1841; 2 vol. in-18, dem.-rel. maroq. brun, tr. jasp.

438. Les OEuvres de Walter Scott, traduction de Defau-
conpret. *Paris, Furne,* 1832; 31 vol. — Soirées de Walter
Scott à Paris, recueillies et publiées par M. P.-L. Jacob.
Paris, Eug. Renduel, 1829; in-8. — Ens. 32 vol. in-8,
dem.-rel. bas., tr. jasp., plus 22 vignettes d'après Alf.
et Tony Johannot.

439. The Childs, popular fairy tales, told for the hun-
dredth time by H.-W. Dulcken, illustrated with three
hundred pictures. *London,* in-18 carré, cart. anglais.

440. Hoffmann's Erza hlungen. *Stuttgart,* 1839; 5 tomes
en 2 vol. in-12, dem.-rel. v. f. (*Galette*).

441. Contes de E.-T.-A. Hoffmann, traduction nouvelle de
M. Théodore Toussenel. *Paris, Pougin,* 1838; 2 tomes en
1 vol. in-8 avec 8 ¦vignettes, dem.-rel., v. f., tr. jasp.
(*Galette*).

442. The Arabian Nights' entertainments, translated by
Edward William Lane, with six hundred voodcuts by
William Harvey. *London, Joh Murrey,* 1853; fort vol.
in-8 illustr., cart. anglais.

443. Histoire de Chems-Eddine et de Nour-Eddine,
extraite des Mille et une Nuits, expliquée d'après une
nouvelle méthode par deux traductions françaises, l'une
littérale et justalinéaire, l'autre précédée du texte arabe,
par M. Cherbonneau. *Paris, impr. impériale,* 1853; in-12
br.

———

444. Les Épistres de Phalaris et d'Isocrates avec le Manuel
d'Épictète, le tout du grec en françoys. *A Anvers, Ch.
Plantin,* 1558. — La Parvre des dames, par Thimothée
René, sieur de L'Espine, gentilhomme Bauvoisin. *A
Bruxelles, chez Iean Mommært,* 1609; 2 ouvrages en 1
vol. in-18, parch.

445. Lettres à une inconnue, par Prosper Mérimée, précédées d'une étude sur Mérimée par H. Taine. *Paris, Mich.
Lévy fr.*, 1874; 2 vol. in-8 br.

446. Les Propos de table de Martin Luther, revus sur les
éditions originales et traduits par Gustave Brunet.
Paris, Garnier fr., 1844; in-18, dem.-rel. v. ant.

447. Bembo Gli Asolani. *In Venetia, nella casa d'Aldo Ro-
mano*, 1505; pet. in-8, v. ant.

448. L'Éloge de la folie, traduit du latin d'Érasme par
Gueudeville. *S. l.*, 1757; in-12, figures d'Eisen, v. ant.

449. Les Bigarrvres et tovches dv seigneur Des Accords,
avec les Apophtegmes dv sievr Garlard, et les Escraignes
dijonnoises. *A Paris, par Iean Richer*, 1614; in-12, v.
ant.

450. Henri IV, écrivain, par Eug. Jung. *Paris, Treuttel et
Würtz*, 1855; in-8, dem.-rel. maroq. vert d'eau jans.
nerv., tr. peign.

451. Prosper Mérimée. — Mélanges historiques et littéraires. — Portraits historiques et littéraires. — *Paris,
Mich. Lévy fr.* 1875-1874; 2 vol. in 8, dem.-rel. et
broché.

452. Hommes et Dieux, études d'histoire et de littérature
par Paul de Saint-Victor. *Paris, Mich. Lévy*, 1867; in-8,
dem.-rel., v. n.

453. Charles Baudelaire, sa vie et son œuvre, par Ch.
Asselineau. *Paris, Alph. Lemerre*, 1869; in-18 br., portraits.

454. Storia della litteratura italiana compilata da Cesare
Cantù. *Firenze*, 1865. — Sul vivente linguaggio della
Toscana, lettere di Giambattista Giuliani. *Firenze*, 1865;
ens. 2 vol. in-18 br.

455. La Science et les Lettres en Orient par J. Ampère.
Paris, Didier, 1865; in-8 br.

456. Luciani Opera, græc. et latine. *Amstelodami sumptibus Jacobi Wetstenii*, 1743; 4 vol. in-4, vél. blanc.

457. Luciani Opera ex recensione Guillielmi Dindorfii græce et latine cum indicibus. *Parisiis, Ambr.-F. Didot*, 1840; gr. in-8, dem.-rel. maroq. noir.

458. OEuvres complètes de Lucien de Samosate, traduction nouvelle avec une introduction et notes par Eug. Talbot. *Paris, Hachette*, 1857; 2 vol. in-18, dem.-rel., maroq. brun clair, tête jasp., n. rog.

459. Ciceronis Opera. *Genevæ,* 1660; in-4 bas. fleurdelisé.
Aux armes de France.

460. Quintilien et Pline le Jeune, œuvres complètes avec la traduction en français. *Paris, J. Dubochet*, 1844; gr. in-8 br., texte à deux col.

461. OEuvres complètes de Pierre de Bourdeilles, abbé et seigneur de Brantôme, publiées par M. Prosper Mérimée. *Paris, P. Jannet*, 1858; 3 vol. in-12 cart., n. rog.

462. La Bruyère, les Caractères. *Charpentier*, 1857. — La Rochefoucauld, Réflexions. — Fénélon, Dialogue sur l'éloquence. *Garnier*, 1866. — Pascal, Lettres à un provincial. *Firmin Didot*, 1862, — Bossuet, OEuvres philosophiques. *Charpentier*, 1870. — Ens. 5 vol. in-18, dem.-rel. ou br.

463. OEuvres complètes de J.-J. Rousseau. *Paris, L. Hachette*, 1865; 12 tomes en 6 vol in-18, dem.-rel. v. f. (plus le vol. de table).

464. OEuvres de Denis Diderot, publiées sur les manuscrits de l'auteur, par J.-And. Naigeon. *Paris, chez Desray et Déterville*, 1798; 15 vol. in-8, portrait de B. Greuze, dem.-rel. bas.

465. Mémoires, Correspondances et Ouvrages inédits de Diderot, publiés d'après les manuscrits confiés, en mourant, par l'auteur à Grimm. *Paris, Paulin et Alex. Mesnier*, 1830; 4 vol. in-8, dem.-rel. v. viol.

466. Heine (Henri). OEuvres diverses. *Paris, Mich. Lévy*, 1855-67 ; 10 vol. in-18, cart., percal. verte.

Reisebilder, 2 vol. — De l'Allemagne, 2 vol. — De la France. — Lutèce. — De l'Angleterre, 2 vol. — Correspondance, 2 vol. — Satires et portraits. — Drames et fantaisies.

467. Théophile Gauthier. OEuvres diverses. *Paris, Charpentier*, 1865-1874 ; 9 vol. in-8 br. et reliés.

Mlle de Maupin. — Le Roman de la Momie. — Caprices et zigzags. Portraits contemporains. — Poésies complètes. — Poésies nouvelles. — Théâtre de poche et voyage en Espagne. — L'Art moderne.

468. A.-J. Wiertz. — OEuvres littéraires. *Bruxelles*, 1869 ; gr. in-8, portrait, photographie et figures en couleurs, dem.-rel., dos et coins de maroq. rouge, jans. à nerf., tête dor.

469. Gœthe. — OEuvres diverses. *Paris, Charpentier* 1861 ; 10 vol. in-18, chagr. br., fleurons.

Conversation, 2 vol. — Mémoires. — Goethe et Schiller, 2 vol. — Wilhelm Meister, 2 vol. — Théatre, 2 vol. — Faust.

470. Gœthe. — OEuvres diverses. *Paris, Charpentier*, 1854-64 ; 6 vol. in-18, dem.-rel. et br.

Poésies. — Le Faust. — Verther. — Mémoires, 2 vol. — Entretiens de Goethe et d'Eckermann.

471. The literary Works of sir Joshua Reynolds. *London*, 1835 ; 2 vol. in-12. cart. anglais, n. rog.

472. The Leisure Hours. *London*, 1866-1869. 2 années, gr. in-8, cart. angl., nombr. et belles grav.

HISTOIRE

---

473. Voyages pittoresques et romantiques dans l'ancienne France. — Franche-Comté, par M. Ch. Nodier, F. Taylor et Alph. de Cailleux. *A Paris, de l'impr. de Didot l'aîné*, 1825 ; 2 vol. gr. in-fol., pap. vélin, dem.-rel. bas. rouge, n. rog. (*186 planches sur chine*).

474. Voyages historiques et littéraires en Italie par M. Valery. *Paris, Lenormand*, 1831-33 ; 5 vol. in-8, dem.-rel. v. vert.

475. Itinerario interno e delle isole della città di Venezia, inciso e descritto in IV parti, 1832 ; in-12 obl., cart., 32 gravures.

476. Voyage en Espagne, par Eug. Poitou, illustration par V. Foulquier. *Tours, Alf. Mame*, 1869 ; gr. in-8, dem.-rel. maroq. vert foncé, plats, toiles, tr. dor.

477. Drawing from nature, a series of progressive instructions in sketching Switzerland and the Pyrenees, by Georges Barnard, 1865 ; in-4, cart. angl., tit. dor., n. rog.

478. The Harbours of England, by Thomas Lupton, from original drawings made expressly for the work by J.-M.-W. Turner, with illustrative text by J. Ruskin. *London*, 1856 ; in-4 cart.

479. Voyage dans les mers du nord à bord de la corvette la Reine-Hortense, par M. Ch. Edmont (Choieçki), dessins de M. Karl Girardet, d'après les aquarelles de MM. Ch. Giraud et d'Abrantès. *Paris, Mich. Lévy fr.*, 1857 ; in-4, dem.-rel., dos et coins de maroq. rouge, fil., tr. jasp.

480. **Arminius Vambéry.** — Voyages d'un faux Derviche dans l'Asie centrale, traduits de l'anglais par E.-D. Forgues, illustrés de 34 gravures sur bois et accompagnés d'une carte. *Paris, L. Hachette*, 1866; in-8, dem.-rel. chagr. bleu, plats toile, tr. dor.

481. **Description du royaume de Camboge**, par un voyageur chinois, traduite du chinois par M. Abel Rémusat. *Paris*, 1819; in-8, dem.-rel. bas., cart.

482. **L'Égypte et la Syrie**, ou Mœurs, Usages, Costumes et monuments des égytiens, des arabes et des syriens, précédé d'un Précis historique par M. Breton. *Paris*, 1814; 5 vol. in-16, nombreuses figures en coul., dem.-rel., v. rose, tr. jasp.

483. **Lettres sur les États-Unis d'Amérique**, par le lieutenant-colonel Ferri Pisani. *Paris, L. Hachette,* 1862 ; in-18 maroq. rouge, fil., fleurons, tr. dor.

484. **Deux Années au Brésil**, par F. Biard, ouvrage illustré de 100 vignettes. *Paris, L. Hachette*, 1862, gr. in-8, dem.-rel. chag. br., plats toile, tr. dor.

485. **Aperçu de l'histoire ancienne de l'Égypte**, pour l'intelligence des monuments exposés dans le temple du Parc égyptien, par Aug. Mariette Bey. *Paris, Dentu*, 1867 ; br. in-8 de 3 pages.

---

486. **Ancient Egypt**, her monuments hieroglyphics history and archæology, by George R. Gliddon. *Philadelphia, London, s. d.*, in-4, dem.-rel. v. f.

487. **The Egyptians in the time of the pharons** being a companion to the crystal palace egyptian collections by sir J. Gardner Wilkinson, and Introduction to the study of egyptian hieroglyphs by Samuel Birch. *London*, 1857 ; in-12, cart. ang.

488. Histoire d'Hérodote, traduction de Pierre Saliat avec corrections, notes, table analytique et glossaire par Eug. Talbot. *Paris, H. Plon,* 1864 ; in-8 br.

489. Xenophon : la Cyropédie ou l'Histoire de Cyrus, traduite du grec par M. Charpentier. *Avignon, Fr. Seguin,* 1819 ; 2 vol. in-12, figures, bas. marbr., tr. dor.

490. OEuvres de Tite Live (histoire romaine), avec la traduction française. *Paris, Firmin Didot,* 1857 ; 2 vol. pet. in-4, dem.-rel. chagr. brun, tr. jasp.

491. OEuvres complètes de Tacite. 3 vol. — Guerre des Gaules de J. César, 1 vol. — Vie de Socrate par Ed. Chaignet. — OEuvres de Pétrone. — *Paris,* 1857-61 ; 5 vol. in-18, dem.-rel. chagr. et brochés.

492. Héliogabale ou Esquisse morale de la dissolution romaine sous les empereurs. *Paris, Dentu,* 1802 ; in-8, v. rac., figure.

---

493. Antiquités nationales ou Recueil de monuments pour servir à l'histoire générale et particulièrement de l'Empire français, tels que tombeaux, inscriptions, statues, vitraux, fresques, etc., par Aubin-Louis Millin. *Paris, Fr. Drouhin,* 1790-98 ; 5 vol. in-fol., dem.-rel. v. f. ant., tr. r.

494. Mémoires pour servir à l'histoire des maisons royalles et bastimens de France, par André Félibien, sieur des Avaux, publiés pour la première fois d'après le manuscrit de la Bibl. nat. *Paris, J. Baur,* 1874 ; in-8 br.

495. Histoire de France, par V. Duruy, nouvelle édition illustrée d'un grand nombre de gravures et de cartes géographiques. *Paris, L. Hachette,* 1864 ; 2 vol. in-18, dem.-rel., chagr. rouge, plats toile, tr. jasp.

496. Récits historiques à la jeunesse par le bibliophile
Jacob, illustrations de MM. Tony Johannot, Gavarni et
Gigoux. *Tours*, 1844; gr. in-8, dem.-rel., dos et coins de
maroq. bleu.

497. Compendium Roberti Gaguini super Francorum
gestis. *Parisiis, Johannes Parvus*, 1511; in-8, v. ant., fers
froid (*reliure du temps*).

    Sur les plats de la reliure se trouve frappé le nom d'André Boule.

498. Histoire de France au XVIᵉ siècle. — Renaissance,
par Michelet. *Paris, Chamerot*, 1855 ; in-8 cart.

499. Captivité du roi François Iᵉʳ, par M. Aimé Champollion Figeac. *Paris, imp. royale*, 1847; in-4 cart.

500. Marguerite d'Angoulème, son Livre de dépenses
(1540-49), Études sur ses dernières années par le comte
H. de La Ferrière-Percy. *Paris, Aug. Aubry*, 1862, in-18
br., portrait.

501. Recueil de fragments sur les derniers Valois (1547 à
1589), par Arm. Eudel du Gord. *Paris, Firm. Didot fr.*,
1869; in-8, br.

502. La Jeunesse de Catherine de Médicis, par A. de Reu-
mont, traduite et annotée par Arm. Baschet. *Paris,
H. Plon*, 1866; in-8 br. Portrait.

503. Mémoires du cardinal de Retz. *Paris, Henguet*, 1842;
2 vol. in-18, dem.-rel., chagr. rouge, tête jasp. n.
rog.

504. Mémoires secrets sur le règne de Louis XIV, la Régence et le règne de Louis XV, par Duclos. *Paris, F. Gay*,
1864; 2 vol. in-18, dem.-rel., maroq., br. Laval.

505. Documents authentiques et détails curieux sur les
dépenses de Louis XIV, par Gabr. Peignot. *Paris, Renouard*, 1827; in-8, dem.-cart. n. rogné. (*Portrait.*)

506. Les Historiettes de Tallemant des Réaux, mémoires pour servir à l'histoire du xviie siècle. Édition publiée par M. Monmerqué. *Paris, Delloye*, 1840; 10 tomes en 5 vol. in-18. Portraits, dem.-rel., chagr. vert, plats toiles, tr. jasp.

507. Chronique de la Régence et du règne de Louis XV (1718-1763) ou Journal de Barbier. *Paris, Charpentier*, 1857; 4 vol. in-18 br.

508. Histoire en partie de Mme de Pompadour. *S. L. N. D.* (Manuscrit écrit très-lisiblement.) In-12; v. ant.

509. Anecdotes sur Mme la comtesse Du Barri. *Londres*, 1775; in-12, maroq. vert, fil. tr. dor. (*Anc. rel.*)

510. Dictionnaire critique et raisonné des étiquettes de la cour, ou l'Esprit des étiquettes et des usages anciens comparés aux modernes par Mme la comtesse de Genlis. *Paris, P. Mongie*, 1818; 2 vol. in-8, dem.-rel. maroq. vert, tr. jasp. (*Chiffre.*)

511. La Démagogie en 1793 à Paris ou l'Histoire jour par jour de l'année 1793, par C. Dauban. *Paris, H. Plon*, 1868; gr. in-8, figures, dem.-rel. maroq. viol.

512. Mémoires d'un bourgeois de Paris, par le Dr L. Véron. *Paris (Bourdillat)*, 1856; 5 vol. in-18 br.

513. Tableaux chronologiques des ministres des rois de France depuis l'origine de la monarchie jusqu'à nos jours (1831), plaq. in-fol. lithogr. de 37 ff.

514. L'Esprit dans l'histoire, recherches et curiosités sur les mots historiques, par Ed. Fournier. *Paris, Dentu*, 1857; in-12 cart. n. rog.

515. Histoire du dépôt des archives des affaires étrangères, par Arm. Baschet. *Paris, H. Plon*, 1875; in-8 br.

516. Tableau de Paris (par le citoyen Mercier). *Amsterdam,*
1783-88; 12 vol. — Le Nouveau Paris (par le même).
Brunswick, 1800; 3 vol. — Ens. 15 vol. in-12 bas.

517. Fontainebleau, études pittoresques et historiques sur
ce château, par L. Castellan, orné de 85 planches. *Paris
et Fontainebleau,* 1840; gr. in-8, dem.-rel. dos et coins
de maroq. r., fil. tête dor. n. rogné.

518. Histoire de la ville d'Étain (Meuse) depuis ses pre-
miers temps jusqu'à nos jours, par M. F. (d'Étain).
Verdun et Étain, 1835; in-8 dem.-rel. v. f.

519. Histoire d'Angleterre, par John Lingard, traduction
de M. Léon de Wailly, continuée jusqu'à nos jours par
Th. Lavallée. *Paris, Charpentier,* 1844; 6 vol. in-18 br.

520. Histoire d'Élisabeth d'Angleterre, par J.-M. Dargaud.
Paris, Lacroix, 1866; in-18, dem.-rel. maroq. br. jans.
à nerv. (*Chiffre.*)

521. Histoire de Marie-Stuart, par M. Mignet. *Paris, Charpentier,* 1854; 2 vol. in-18. *Paris, Charpentier,* 1854;
2 vol. in-18, dem.-rel. maroq. viol. tr. jasp. (*Chiffres.*)

522. Histoire d'Olivier Cromwell, par J.-M. Dargaud.
Paris, A. Lacroix, 1867; in-8 dem.-rel. chagr. vert
foncé.

523. L'Espagne, royaume de Grenade, par Thomas Roscoe,
ornée de 31 vignettes sur bois et sur acier. *Paris,
L. Janet,* 1835; in-8 cart. soie rose moirée, tr. dor.

524. Commentaires de Charles Quint, publiés pour la première fois par le baron Kervyn de Lettenhove. *Paris,
Bruxelles,* 1862; gr. in-8, dem.-rel. maroq. vert d'eau,
jans. nerv. tr. peig.

525. Antonio Perez et Philippe II, par M. Mignet. *Paris,
Impr. royale,* 1845, in-8, dem.-rel. v. f.

526. Storia arcana ed aneddotica d'Italia raccontata dai Veneti ambasciatori, annotata ed edita da Fabio Mutinelli. *Vinezia*, 1855-1858; 4 vol. in-8, dem.-rel. v. viol.

527. Italie et Renaissance, par J. Keller. *Paris, Didier*, 1869; in-8, dem.-rel. maroq. r. jans, nerv. tr. peign.

528. Le Feste torinesi dell aprile 1842, descritte dal cavaliere Luigi Cibrario, ornati d'intagli. *Torino*, 1842; in-8 br., figures.

529. Descrizione di Verona e della sua provincia. *In Verona*, 1820; 2 parties en 1 vol. in-8, figures, dem.-rel. vélin.

530. Historia vineiiana di Paolo Parvta, cavaliere e procvratore de S. Marco. *In Venetia*, 1845; 2 parties en 1 vol. in-4, vél. ant.

531. Il gran Teatro delle più insigni prospettive di Venezia. *S. L. N. D.* Gr. in-fol. v. ant. (*68 planches gravées.*)
Aux armes de Noyer d'Argenson.

532. Forestiere illuminato intorno le cose più rare e curiose, antiche e moderne della città di Veneza. *In Venezia*, 1740; in-12 v. ant.

533. Histoire de la République de Venise, depuis sa fondation jusqu'à présent, par M. l'abbé L... (Laugier). *Paris*, 1759-68; 12 vol in-12, v. ant.

534. Raccolta cronologica ragionata di documenti inediti della revoluzione e caduta della Repubblica di Venezia. *Augusta*, 1799; 2 tomes en 1 vol. in-4, dem.-rel. bas. verte.

535. Souvenir d'une Mission. Les archives de la sérénissime République de Venise, par M. Arm. Baschet. *Paris, Amyot*, 1857; gr. in-8, dem-rel., dos et coins de maroq. rouge du Levant, à nerv. fleur. tr. marbr.

536. Histoire de la République de Venise, par P. Daru. *Paris, Firm. Didot*, 1826; 8 vol. in-12, cartes col., dem.-rel. v. vert.

537. Annali urbani di Venezia, di Fabio Mutinelli. *Venezia,*
1838; gr. in-8, figures, dem.-rel. v. f.

538. Storia documentata di Venezia di S. Romanin, socio
del Veneto Ateneo. *Venezia,* 1853-61; 10 tomes en 5 vol.
in-8, dem.-rel. v. f.

539. Les Dépêches de Giovanni Michiel, ambassadeur de
Venise en Angleterre, pendant les années 1554 à 1557,
déchiffrées et publiées par P. Friedmann. *Venise,* 1869;
in-8, dem.-rel. maroq. rouge foncé, jans. nerv. tr.
peig.

540. Alcune delle più clamorose condanne capitali ese-
guite in Venezia sotto la Repubblica, memorie patrie
del dottor Guiseppe Tastini. *Venezia,* 1866; gr. in-8,
dem.-rel. maroq. rouge, jans. à nerv. tr. peig.

541. La Diplomatie vénitienne. — Les Primes de l'Europe
au xvie siècle. — François Ier, Philippe II, Catherine de
Médicis, les papes, les sultans, etc., d'après les rapports
des ambassadeurs vénitiens, par M. Arm. Baschet.
Paris, H. Plon, 1862; in-8, fac-simile, dem.-rel., dos et
coins de maroq. br. à nerv., fleurons, tr. peign.

542. Il Doge di Venezia. *Venezia,* 1864; in-8, titre rouge et
noir, dem.-rel. maroq. rouge foncé, jans. à nerv. tr.
peign.

543. Origine des fêtes vénitiennes, par Justine Renier
Michiel (texte et traduction). *Venise,* 1817-1823; 3 vol. in-8
br.

Singulière note manuscrite sur le 1er vol.

544. Del Costume veneziano, sino al secolo decimoset-
timo, saggio di Fabio Mutinetti. *Venezia,* 1831; in-8,
dem.-rel. v. vert.

545. La Vérité sur les déprédations autrichiennes à Venise.
— Trois lettres à M. Arm. Baschet, par Victor Cérésole.
Venise, 1867; br. in-8.

546. Mœurs, usages, costumes des Othomans et abrégé de leur histoire, par A.-L. Castellan. *Paris, Nepveu,* 1812; 5 vol. in-16, nomb. fig. en coul. dem.-rel. v. rose, tr. jasp.

547. Constantinople ancienne et moderne, comprenant aussi les sept églises de l'Asie-Mineure, illustrées d'après les dessins pris sur les lieux, par Thomas Allom, précédées d'un essai historique sur Constantinople, par MM. L. Galibert et C. Pellé. *Paris et Londres, S. D.* 3 vol. in-4, cart. toiles, orn.

548. Histoire de l'empire ottoman depuis les temps anciens jusqu'à nos jours, par Théoph. Lavallée. *Paris, Garnier fr.,* 1855; gr. in-8, nombr. grav. sur acier, dem.-rel. chagr. viol.

549. Histoire de la Perse (Asie orientale), par Champollion Figeac. *Paris, Arnauld de Vresse,* 1860; gr. in-8, 5 peintures à l'aquarelle, dem.-rel. maroq. noir, plats toile, tr. dor.

BIOGRAPHIE, HISTOIRE LITTÉRAIRE, ARCHÉOLOGIE
NOBLESSE, BIBLIOGRAPHIE, JOURNAUX

---

550. Biographie universelle. *Paris, Michaud,* 1811; 52 vol. in-8, v. ant.

551. Biographie universelle (Michaud), ancienne et moderne, nouvelle édition corrigée et continuée jusqu'à nos jours. *Paris, chez madame E. Desplaces,* 1854 ; 45 vol. in-4 br., texte à deux col.

552. A Classical Dictionary of biography, mythology and geography, by William Smith. Edition with 750 illustrations, *London. John Murray*, 1859 ; in-8, cart. angl.

553. Dictionnaire général de biographie, d'histoire et de géographie, par MM. Ch. Dezobry et Th. Baschelet. *Paris, Ch. Delagrave*, 1866 ; 2 forts vol. in-8, texte à deux col., dem.-rel. chagr. vert, plats toile, tr. jasp.

554. Dictionnaire critique de biographie et d'histoire, par A. Jal. *Paris, H. Plon*, 1867 ; fort vol. in-8, dem.-rel., maroq. vert foncé, tr. jasp.

555. Les Vies des hommes illustres, par Plutarque, traduites en français, précédées de la Vie de Plutarque, par Ricard. *Paris, Didier*, 1844 ; 4 vol. in-8, dem.-rel., chagr. noir.

---

556. Mémoires secrets pour servir à l'histoire de la République des lettres en France, depuis 1762 jusqu'à nos jours, ou Journal d'un observateur (par Bachaumont). *A Londres*, 1784-89 ; 36 tomes en 18 vol. in-12, dem.-rel., v. ant.

557. Mémoires de Michel de Marolles, abbé de Villeloin, avec des notes historiques et critiques. *Amsterdam*, 1755 ; 3 vol. in-12, dem.-rel., bas.

558. Voltaire et la Société au XVIIIe siècle, par G. Desnoiresterres, *Paris, Didier*, 1871 ; 4 vol. in-18, br.

La jeunesse de Voltaire. — Voltaire à Cirey. — Voltaire à la cour. — Voltaire et Frédéric.

---

559. Dictionnaire des antiquités romaines et grecques, accompagné de 200 gravures d'après l'antique, par Ant. Rich. *Paris, Firm. Didot fr.*, 1861 ; in-8, dem.-rel., maroq., br., n. rog.

560. Lazari Bayfii Annotationes in legem *de Re Navali Basileæ*, 1537 ; in-4, v. à compartiments or et couleurs.
     Reliure du xvie siècle, mal restaurée.
561. Pompéia, décrite et dessinée par Em. Breton, suivie d'une notice sur Herculanum. *Paris, Gide et Baudry*, 1875 ; gr. in-8, br. Figures.
562. Paléographie des chartres et des manuscrits du xie au xviie siècle, par Alph. Chassant. *Paris, Aubry*, 1862 ; in-18 cart. 10 planches in-4.
563. Mémoires de la Société nationale des Antiquaires de France, tomes XXIV, XXXII, XXXIII et XXXIV. *Paris, Dumoulin*, 1859-71-72-73. 4 vol. in-8, br., plus quelques livraisons.
564. Congrès archéologique de France. — Séances générales tenues à Metz, à Trèves, à Autun, à Châlons et à Lyon en 1846, par la Société française pour la conservation des monuments historiques. *Paris et Caen*, 1847 : in-8, br. Planches.

---

565. Dictionnaire héraldique contenant les armes et blasons des princes, prélats, grands officiers de la couronne et de la maison du roy, avec celles de plusieurs maisons et familles des royaumes existants, par Jacques Chevillard. *Paris*, 1723 ; in-12, v. ant.
     1668 Blasons gravés.
566. Nouvelle méthode raisonnée du blason ou de l'art héraldique, du P. Menestrier. *A Lyon, chez P. Bruyset Ponthus*, 1770 ; in-8, v. ant. marbr. 49 planches.
367. Recherches sur l'origine du blason et en particulier sur la fleur de lis, par Adalbert de Beaumont. *Paris, A. Leleux*, 1853 ; in-8, br. (22 planches gravées).
568. Abrégé méthodique de la science des armoiries, par W. Maigne, avec figures gravées par Dufrenoy. *Paris, Garnier fr.*, 1860 ; in-18, br.

569. Guide pratique du compositeur d'imprimerie, par
Théotiste Lefèvre. *Paris, Firm. Didot fr.*, 1853 ; gr. in-8,
dem.-rel. chagr. rouge.

570. Robert Estienne, imprimeur royal, et le roi François Ier, nouvelles recherches sur l'état des lettres et de
l'imprimerie au xvie siècle, par A. Crapelet. *Paris*, 1839 ;
in-8, br., avec sept planches d'ornements typographiques
des Estienne.

571. De l'État réel de la presse et des pamphlets, depuis
François Ier jusqu'à Louis XIV, ou Revue anecdotique et
critique des principaux actes de nos rois, et de quelques
documents curieux et peu connus sur la publication et
la vente des livres dans le xvie siècle, par M.-C. Leber.
Paris, Techner, 1834 ; in-8, dem.-rel. maroq. rouge.

572. Manuel du libraire et de l'amateur de livres, par
J.-Ch. Brunet, *Paris. Silvestre*, 1842-44 ; 5 vol. gr. in-8,
dem.-rel. dos et coins de maroq. viol., dos à nerfs, tr.
jasp. (*Capé.*)

573. Curiosités biographiques, — bibliographiques —
et de l'histoire de France. *Paris, Paulin et Delahays*,
1845-46 et 1858. 3 vol. in-18, br.

574. Serie dei testi di lingua e di altre opere importanti
nella italiana letteratura scritte dal secolo xiv al xix di
Bartolommeo Gamba da Basano. *Venezia*, 1839 ; in-8,
portrait, dem.-rel. dos et coins de maroq. vert foncé.

575. Saggio di bibliographia venezia composto da Emmanuelle-Antonio Cicogna. *Venezia*, 1847 ; gr. in-8, portrait, dem.-rel. v. bleu.

Exempl. en grand papier.

576. Bibliographie voltairienne, *Paris, Firm. Didot fr.*,
S. D. ; gr. in-8, texte à deux col., bas. verte, fil. (*Aux
armes du marquis de Morante.*)

Cette Bibliographie, tirée à 250 exmpl. est extraite de la France
littéraire, de M. Querard.

577. Bibliographie biographique universelle, dictionnaire
des ouvrages relatifs à l'histoire de la vie publique et
privée des personnages célèbres de tous les temps et de
toutes les nations, par Ed.-M. OEttinger. *Bruxelles*, 1854 ;
2 tomes en 1 vol. pet. in-4, cart., n. rog.

578. Guide de l'amateur de livres à vignettes, par M. Cohen.
Paris, Rouquette, 1870 ; in-8, br.

579. Dissertation sur les bibliothèques (par M. de Noin-
ville). *Paris*, 1758 ; in-12, v. ant. — Essai sur la bibliothèque du roi. *Paris*, 1782 ; in-12. v. ant. — Manuel du
bibliothécaire, par P. Namur. *Bruxelles*, 1834 ; in-8,
dem.-rel., mar. r. — Règlement pour la librairie et
l'imprimerie de Paris. *Paris*, 1731 ; in-12, v. ant. —
Fac-Simile d'un rarissime petit livre du xviie siècle.
Paris, 1838 ; br. in-18. — Le Livre du bibliophile. *Paris*,
1874 ; in-18, br.

580. Catalogue des livres de la bibliothèque de feu Mme la
marquise de Pompadour. *Paris*, 1765 ; in-8, v. ant. (*Avec
les prix d'adjudications manuscrits.*)

581. Mélanges tirés d'une petite bibliothèque ou Variétés
littéraires et philosophiques, par Ch. Nodier, *Paris, Crapelet*, 1829 ; in-8, dem.-rel., v. f.

582. Catalogue d'une collection très-considérable de livres
imprimés par les Elzévirs, de formats in-fol., in-4 et in-8,
recueillis par un bibliophile pendant ces vingt dernières
années. *Paris, Panckoucke*, 1848 ; in-8, br. (Exempl. en
grand papier bleu.) — Catalogue d'une collection d'Elzévirs (petit format) composant le cabinet de feu M. Mi-
chau, baron de Montaran. *Paris, J. Delion*, 1849 ; in-18 ;
br.

583. Catalogues des livres de M. Letronne (1849) ; — de
feu M.-J.-J. de Bure (1853) ; — de M. le comte Bou-
tourlin, 2 vol (1840) ; — de A.-Aug. Renouard (1854) ; —
et de M. Sauvageot (1860). — Ens. 6 vol. in-8 br.

584.—Catalogue raisonné d'une collection de livres relatifs
aux arts de peinture, sculpture, gravure et architecture
réunis, par J. Goddé, peintre, avec des notes du collec-
teur. *Paris, Potier et Defer,* 1850 ; gr. in-8, cart. (*Avec les
prix d'adjudication et les noms d'acquéreurs.*)

585. Catalogues des bibliothèques du prince Radziwill
(1865) ; — Alex. Labrouste (1866) ; — P. Desq (1866) ; —
Ch. Brunet (2 parties 1868) ; Capé (1868) ; — baron
J. Pichon (1869) ; — Huillard, 2 parties (1870) ; —
F. Soleil (1871) ; — sir Richard Tufton (1873). — Ens.
11 vol. in-8 br.

586. Revue de Paris, tomes III, IV, VII, VIII, XI à XX, et
XXIII à **XXXXVIII** (formant les années 1829 à 1833). Ens.
40 tomes en 20 vol. in-8, cart., n rog.

587. Dictionnaire encyclopédique usuel, publié sous la
direction de Charles Saint-Laurent. *Paris, Magen et
Comon,* 1841 ; fort vol. gr. in-8, texte à 3 col., dem.-rel.
bas. verte.

CHINE

—

A. — Histoire de la Chine, Voyages en Chine, etc.

588. Nouveaux mémoires sur l'état présent de la Chine, par le P. Louis Le Comte, mathématicien du roy. *A Paris, chez Anisson*, 1701-09; 5 vol. in-12, bas., portraits et figures gr.

589. Description géographique, historique, chronologique, politique et physique de l'empire de la Chine et de la Tartarie chinoise, enrichie de cartes et ornée d'un grand nombre de figures et de vignettes gravées en taille-douce, par le P. J.-B. Du Halde. *La Haye, chez Henri Scheurler*, 1736; 4 vol. in-fol., v. c., tr. marbr.

490. Mémoires concernant l'histoire, les sciences, les arts, les mœurs, les usages des Chinois, par les missionnaires de Pékin. *A Paris, chez Nyon*, 1776-1791; 15 vol. in-4, v. ant., portraits.

Manque le tome X.

591. Traité de chronologie chinoise, divisé en trois parties, composé par le Père Goupil, missionnaire à la Chine et publié pour servir de suite aux mémoires concernant les Chinois, par M. Silvestre de Sacy. *Paris,* 1814 ; in-4, dem.-rel. bas. rouge.

592. A View of China for philological purposes, containing a sketch of chinese chronology, geography, government, religion et customs, designed for the use of persons who study the chinese language, by the Rev. R. Morisson. *Macao,* 1817 ; in-4, dem.-rel., bas. viol.

593. De la Chine ou Description générale de cet empire,
rédigée d'après les mémoires de la mission de Pe-Kin, par
l'abbé Grosier. *Paris*, 1818-20. 7 vol. in-8, cartes, dem.-
rel. v. f.

594. Dictionnaire des noms anciens et modernes des villes
et arrondissements de premier, deuxième et troisième
ordre compris dans l'empire Chinois, par Edouard Biot.
Paris, Impr. royale, 1842; in-8, dem -rel. chagr. rouge.

595. Mémoires sur la Chine, par le comte d'Escayrac de
Lauture. *Paris*, 1864-65 ; 6 livr., br., nombr. gravures.
Introduction. — Histoire. — Religion. — Gouvernement. — Cou-
tumes. — Langage.

596. Chine ou Description historique, géographique et
littéraire, par Pauthier. — Chine moderne, 1re partie
par Pauthier, 2me partie par Bazin. — Japon, Indo-
Chine, Ceylan, par M. Dubois de Jancigny. *Paris, Firm.
Didot*, 1837-61. 3 vol. in-8, cart. et br. Figures et
cartes.

597. Mémoires sur l'antiquité de l'histoire et de la civilisa-
tion chinoise, d'après les écrivains et les monuments
indigènes, par G. Pauthier. *Paris, Impr. impériale*, 1868 ;
in-8, br.

598. Histoire complète de l'empire de la Chine, *Paris*,
1860. — Notice sur la Chine, par J. Houssaye. — La
Chine en 1868. — Arts des vernis et papier de bambou.
— L'Inde et la Chine, par Ott. — Ens. 7 vol. et br.
in-12.

599. Voyage de l'ambassade de la Compagnie des Indes
orientales hollandaises vers l'empereur de la Chine,
dans les années 1794 et 1795, le tout tiré du journal
d'André-Everard Van Braam Houckgeest, chef de la
direction, ornés de cartes et de gravures. *A Philadelphie*,
1797. 2 vol. in-4, dem.-rel., bas.

600. Voyages à Péking, Manille et l'île de France, faits
dans l'intervalle des années 1784 à 1801, par M. de
Guignes. *Paris, de l'Impr. impériale*, 1808. 3 vol. in-8 et
atlas in-fol., dem.-rel., v. rose.

601. A Retrospect of the first ten years of the protestant
mission to China, by William Milne. *Malacca*, 1820; in-8.
— St John's Gospel in the dialect of Shanghai, printed
in roman letters. 1853; in-12 cart. — Memoir of the
Rev. Samuel Dyer, by Evan Davies. *London*, 1846; in-12
cart.

602. Voyage à Peking à travers la Mongolie, en 1820 et
1821, par M. Timkouski, publié avec des corrections et
des notes, par M. J. Klaproth. *Paris, Dondey-Dupré*,
1827; 2 vol. in-8 et atlas in-4, dem.-rel., v. bleu.

603. La Chine, ou Description générale des mœurs et des
coutumes du gouvernement, des lois, des religions, des
sciences, etc., par J.-F. Davis; ouvrage traduit de l'anglais par A. Pichard, revu et augmenté par Bazin aîné.
Paris, Paulin, 1837; 2 vol. in-8, dem.-rel., v. bleu.
(Figures.)

604. China opened, or a Display of the topography, history, customs, manners, arts, manufactures, commerce,
literature, religion, jurisprudence of the Chinese empire, by the rev. Charles Gutzlaff, revised by the Rev.
Andrew Reed. *London*, 1838; 2 vol. in-8, cart. angl.,
n. rog.

605. China, its state and prospects, by W.-H. Medhurst.
London, 1840; in-8, cart.

606. Lettres édifiantes et curieuses concernant la Chine,
avec quelques relations nouvelles des missions et des
notes géographiques et historiques. *Paris, Panthéon littéraire*, 1843; in-4, texte à deux col., dem.-rel., v. ant.

607. La Chine ouverte, aventures d'un Fan-Kouei dans le pays de Tsin, par Old Nick, ouvrage illustré par Aug. Borget. *Paris, H. Fournier*, 1845 ; gr. in-8, dem.-rel., dos et coins de v. viol., fil., tr. jasp.

608. Voyage agricole et horticole en Chine, trad. de l'anglais. *Paris*, 1853. — Noms indigènes d'un choix de plantes du Japon et de la Chine. *Leyde*, 1864.— Description de l'agriculture et du tissage de la Chine, par Isid. Hedde. Ens. 3 br. in-8.

609. L'Insurrection en Chine depuis son origine jusqu'à la prise de Nankin, par MM. Callery et Yvan. *Paris*, 1853 ; in-18, carte. — Souvenirs d'une ambassade en Chine et au Japon en 1857 et 1858, par le marquis de Moges. *Paris, Hachette*, 1860. Ens. 2 vol. in-18, dem.-rel., chagr. vert.

610. L'Empire chinois, par M. Huc. *Paris, Gaume fr.*, 1854 ; 2 vol. in-8, dem.-rel., chagr. vert, carte col.

611. L'Empire chinois illustré d'après les dessins pris sur les lieux, par Th. Allom, avec les descriptions des mœurs, des coutumes, de l'architecture, de l'industrie, etc., du peuple chinois, par Clém. Pelle. *Londres, s. d.*; 4 tom. en 2 vol. in-4, gravures anglaises sur acier, dem.-rel., chagr. rouge.

612. Le Christianisme en Chine, en Tartarie et au Thibet, par M. Huc. *Paris, Gaume*, 1857-58 ; 4 vol. in-8, dem.-rel., chagr. vert foncé.

613. Voyage en Chine et dans les mers et archipels de cet empire, par Jurien de La Gravière. *Paris, Charpentier*, 1858 ; 2 vol. in-18 br. — Voyage en Chine et en Mongolie, par Ach. Poussielgue. *Paris, Hachette*, 1866 ; in-18 br.

614. La Vie réelle en Chine, par le Rev. W.-C. Milne, traduite par André Tasset. *Paris, Hachette*, 1858 ; in-18, dem.-rel., v. f.

615. The Middle Kingdom a survey of the geography, government of the Chinese empire and its inhabitants, by S. Wells Williams. *London*, 1857 ; 2 vol. in-8, cart., n. rog.

616. G. Bell. — Voyage en Chine du capitaine Montfort.— Un voyage à Peking, par G. de Keroulée. — La Chine contemporaine, par Ch. Lavollée. *Paris*, 1860-61. Ens. 3 vol. in-8, dem.-rel. chagr. viol.

617. La Chine et le Japon, mission du comte d'Elgin pendant les années 1857, 58 et 59, racontes par Laurence Oliphant, traduction nouvelle précédée d'une introduction par M. Guizot. *Paris, Michel Lévy fr.*, 1860 ; 2 vol. in-8, dem.-rel., maroq. viol.

618. La Chine contemporaine, d'après les travaux les plus récents, traduction de l'allemand, par A.-J. Du Bosch. *Paris et Bruxelles*, 1860 ; 2 vol. in-18, dem.-rel., chagr. vert.

619. Journal de la Campagne de Chine, 1859-1861, par Ch. de Mutrécy, précédé d'une préface de Jules Noriac. *Paris*, 1861 ; 2 vol. in-8, br. — Expédition de Chine, 1860 ; Lettres intimes, par Armand Lucy. *Marseille*, 1861 ; in-8, br.

620. La Chine et les Puissances chrétiennes, par D. Sinibaldo de Mas. *Paris, L. Hachette*, 1861 ; 2 vol. in-18, dem.-rel., chagr. viol.

621. Notes sur le Japon, la Chine et l'Inde, par le baron Ch. de Chassiron. *Paris*, 1861. — Industries anciennes et modernes de l'Empire, d'après des notices traduites du chinois par M. Stanislas Julien. *Paris*, 1869. — Voyage en Chine, par Ch. Lavollé. *Paris*, 1852.— Missions de Chine, par le R. P. Broullion, suivi de lettres relatives à l'insurrection. *Paris*, 1855. Ens. 4 vol. in-8 br.

622. Chinese scenes and people with notices of christian missions and missionary life in a series of letters from various parts of China, by Jane R. Edkins. *London*, 1863 ; in-12, cart. angl.

623. Études sur la Chine contemporaine, par M. Irisson. *Paris, Chamerot*, 1866. — Sept années en Chine, par Pierre Dobel. *Paris, Amyot*, 1842. — La Croix de Chine, par Marchal de Lunéville. — La Chine devant l'Europe, par le marq. Dr Hervey-Saint-Denys. *Paris*, 1859. — Souvenirs de la campagne de Chine, par J. de Negroni. *Paris*, 1864. — Ens. 5 vol. in-8.

624. France et Chine, Vie publique et privée des Chinois anciens et modernes, passé et avenir de la France dans l'extrême Orient, par M. O. Girard. *Paris, L. Hachette*, 1869 ; 2 vol. gr. in-8, br.

625. Transaction of the royal asiatic Society of Great-Britain and Ireland. *London*, 1824-31 ; 3 vol. en 5 parties in-4, rel. et br.

De I à III, 1re partie.

626. A general Index of subjet contained in the twenty volumes of the chinese repository with an arranged list of the articles. *S. l. n. d.*, in-8, dem.-rel., maroq. rouge, tr. jasp.

627. Opuscules de J. Klaproth ; 9 vol. et br. in-8.

Origine de papier monnaie. — Description du Thibet. — Sur l'Invention de la Boussole, etc.

628. Opuscules de Jules Klaproth ; 8 pièces réunies en 1 vol. in-8 cart.

629. Opuscules de Bazin sur l'histoire, les arts, les institutions, les travaux, etc., de la Chine. Ens. 10 br. in-8.

630. Opuscules de G. Pauthier sur l'Inde et la Chine. Ens. 14 br. in-8.

631. Callery. — De l'Architecture chinoise; in-4, fig. — Dictionnaire encyclopédique de la langue chinoise. *Macao*, 1844; in-8. — Voyage sur les côtes de la Chine, fait en 1838, br. in-8. — Journal des opérations diplomatiques de la légation française en Chine, et recueil des documents diplomatiques relatifs. *Macao*, 1845-46; 2 vol. in-8 en ff., pap. de Chine.

632. Costumes et vues de la Chine gravés en taille-douce par Simon, d'après les dessins de W. Alexandre, avec des explications traduites de l'anglais. 27 planches en coul.) — Arts, métiers et culture de la Chine, représentés dans une suite de gravures exécutées d'après les dessins originaux envoyés de Pékin. — Art de vernir, par le P. d'Incarville. (11 planches en coul.) Paris, 1814. Ens. 2 plaq. cart., in-12 obl.

633. Pictures of the Chinese drawn by themselves, described by Rev. R.-H. Cobbold. *London*, *John Murray*, 1860; in-8, cart. angl. Figures.

634. Chinese courtship in werse, to which is added an appendix treating of the revenue of China by Peter Perring Thoms. *London*, 1824; gr. in-8, dem.-rel., v. rouge.

635. Histoire d'une Dame chrétienne de la Chine ou, par occasion, les usages de ces peuples, l'établissement de la religion, les manières des missionnaires et les exercices de piété des nouveaux chrétiens sont expliquez. *A Paris, chez Est. Michallet*, 1688; in-12, v. ant.

636. Histoire des relations politiques de la Chine avec les puissances occidentales depuis les temps les plus anciens jusqu'à nos jours, suivie du cérémonial observé à la cour de Peking pour la réception des ambassadeurs, traduite par G. Pauthier. *Paris, Firmin Didot*, 1859; gr. in-8, dem.-rel., chagr. vert.

637. Mission commerciale en Chine en 1843 et 1844, 2 vol.
— Notice du vert de Chine et de la teinture en vert chez
les Chinois, par M. Natalis Rondot. Ens. 3 vol. gr. in-8,
br. et dem.-rel.

B. — Grammaires et Dictionnaires publiés par des Européens Chrestomathies chinoises

638. Arte de la lengua mandarina, compuesto por el
M. R. Francisco Varo, de la sagrada òrden de N. P. S.
Domigo (1703); in-fol. manuscrit, dem.-rel., v. rouge.

639. Elements of chinese grammar with a preliminary
dissertation on the characters and the colloquial me-
dium of the Chinèse and an appendix by J. Marshman.
Serampore, 1814 ; in-4, v. quadr., tr. marbr.

640. A Grammar of the chinese language by the Rev.
Robert Morrison. *Serampore,* 1815 ; in-4, dem.-rel., dos
et coins de v. f.

641. Éléments de la grammaire chinoise ou Principes
généraux du Kou-Wen ou style antique et du Kouan-
Noa, par M. Abel Résumat. *Paris, Imprimerie royale,*
1822 ; gr. in-8, dem.-rel., chagr. vert, tr. jasp.

642. Éléments de la grammaire chinoise par Abel Rémusat ; in-8, dem.-rel.
Exemplaire interfolié et rempli de notes manuscrites.

643. Abel Rémusat. — De l'Étude des langues étrangères
chez les Chinois. — Mémoire sur les livres chinois de la
Bibliothèque. — Plan d'un dictionnaire chinois. —
Lettre sur le génie de la langue chinoise. — Ens. 6 vol. et
br. in-8.

644. Grammatica latina ad usum Sinesium juvenum, a
J.-A. Gonsalves. *S. l.,* 1828 ; in-12, dem.-rel., dos et
coins de maroq. r., n. rog.

645. Notitia linguæ sinicæ auctore P. Premare. *Malaccæ, cura Academiæ anglo-sinensis.* 1831 ; in-4, dem.-rel., chagr. vert, tr. jasp.

646. Martin, Chenese Method. *Shanghae,* 1863.— Medhurst, Chinese dialogues. *Shanghai,* 1844 ; in-8, cart. — Saint-Julien. Le Livre des mille mots, in-8, etc. 8 vol. in-8, cart.

647. Aufangsgründe der chinesischen Grammatik von Stephan Endlicher. *Wien,* 1845 ; in-8, dem.-rel., dos et coins de maroq. rouge, tête dor., n. rog.

648. Manuel pratique de la langue chinoise vulgaire, par Louis Rochet. *Paris, Firmin Didot fr.,* 1846 ; in-8, br.

649. Rochet. — Manuel pratique de la langue chinoise vulgaire. *Paris,* 1846 ; in-8, dem.-rel.
Exemplaire interfolié et rempli de notes.

650. The Notitia linguæ sinicæ of Premare, translated into English, by J.-G. Bridgman. *Canton,* 1847 ; in-8, dem.-rel., chagr. vert.

651. Translation of the *Ts'ing-Wan-K'e-mang,* a Chinese Grammar of the Manchu Tartar language with introductory notes on Manchu literature. *Shanghae.* 1855, in-8, dem.-rel. maroq. bleu jans. tr. jasp.

652. Chinesische Sprachlehre Zum Gebrauche bei Vorlesungen und zur Selbrtuntesweisung Entwurf einer Beschreibung der chinesischen Litteratur, von Wilhem Schott. *Berlin,* 1857 ; 2 parties en un vol. in-4; dem.-rel. chagr. viol.

653. Éléments de la grammaire chinoise, par Abel Rémusat, nouvelle édition publiée conformément à celle de l'Imprimerie royale et augmentée d'une table des principales phonétiques chinoises, par M. L. de Rosny. *Paris, Maisonneuve,* 1857 ; gr. in-8, dem.-rel. maroq. rouge, tr. jasp.

654. **Thomas Francis Wade.** — The *Hsin-Ching-Lu* or Book of experiments. — The Peking Syllabary, being a collection of the characters representing the dialect of Peking. — *Hongkong*, 1859; 2 vol. in-fol. br.

655. A Handbook of the chinese language, parts I and II, grammar and chrestomathy. by James Summers. *Oxford*, 1863 ; gr. in-8, dem.-rel. angl.

656. A Grammar of the chinese colloquial language, commonly called the mandarin dialect, by Jos. Edkins. *Shanghai*, 1864; in-4, dem.-rel. chagr. vert.

657. Grammar of the chinese language, by the Rev. W. Lobscheid, in-8. *S. l.*, 1864; dem.-rel. chagr. bleu.

658. Grammaire mandarine ou Principes généraux de la langue chinoise parlée, par M. A. Bazin. *Paris, Imp. impériale*, 1866 ; gr. in-8, dem.-rel., dos et coins de maroq. viol., dos orné.

659 Syntaxe nouvelle de la langue chinoise, fondée sur la position des mots, suivie de deux traités sur les particules et les principaux termes de la grammaire, d'une d'une table des idiotismes de fables, de légendes et d'apologues, traduits mot à mot par M. Stanislas Julien. *Paris*, 1869; 2 tomes en 1 vol. grand-in-8, dem.-rel., dos et coins de maroq. rouge foncé à nerv. jans. titre dor, n. rog.

660. Collections d'opuscules sur la grammaire et les écritures japonnaises et chinoises, par M. Stanislas Julien. — Ens. 13 vol. in-8 br.

661. Tableau des 214 clefs chinoises. — Vocabulaire chinois. — Ouvrages sur la langue chinoise. 18 vol. in-4 et in-8.

662. Dictionarium sinico-latinum; 2 parties en 2 vol. in-4, dem.-rel. v. ant.

Dictionnaire manuscrit du xviie siècle, avec la prononciation et la traduction.

663. Dictionnaire latin-chinois. *Macao*, 1789, in-fol.

Manuscrit provenant des Missionnaires et ayant appartenu à De Guignes.

664. P. Basilii a Glemona Dictionarium sinico-latinum. *S. l. n. d.* Manuscrit in-fol., v. ant.

Exemplaire de Klaproth.

665. Supplément au dictionnaire chinois-latin du P. Basile de Glemona, publie d'après l'ordre de Sa Majesté le roi de Prusse Frédéric Guillaume III, par Jules Klaproth. *A Paris, de l'Impr. royale*, 1819. gr. in-fol., dem.-rel. v. f., tr. marbr.

666. Dictionnaire chinois-français et latin, publié d'après l'ordre de S. M. l'empereur et roi Napoléon le Grand, par M. de Guignes, résident de France à la Chine. *Paris, de l'Imprimerie impériale*, 1813; gr. in-fol., dem.-rel. v. f., tr. marbr.

667. **Urh-chih-Tsze-Tënse-yin-de-Keaou**; being a parallel drawn between the two intended chinese dictionaries, by the Rev. Robert Morrisson and Antonio Montucci. *London*, 1817; in-4, v. ant.

668. A Dictionary of the chinese language in three parts : part the first containing chinese and english arranged according to the keys; part the second, chinese and english arranged alphabetically, and part the third, containing the english an chinese, by. R. Morrisson. *Macao, China*, 1819; 3 tomes en 6 vol. in-4, dem.-rel., dos et coins en cuir de Russie.

669. Gonsalves (J. A.). Diccionario-portuguez-china. Diccionario-china-portuguez. *Macao*, 1831-1833; 2 vol. — Arte china constante de alphabeto e grammatica, *Macao*, 1829; ens. 3 vol. pet. in-4, dem.-rel. chagr. vert foncé.

670. Vocabularium latino-sinicum, auctore J. A. Gonsalves, presbytero. *Macao*, 1836; in-12 cart. — Grammatica latina ad usum Sin ensium juvenum, J. A. Gonsalves. *Macao*, 1828; in-12 cart.

671. Gonsalves. — Lexicon latino-sinicum. *Macao*, 1839; in-8, dem.-rel. chagr. vert.

672. Gonsalves. — Lexicon latino-sinicum. *Macai*, 1841; gr. in-4, dem.-rel. chag. vert foncé, tr. jasp.

673. Chinese and english Dictionary containing all the words in the chinese imperial dictionary, arranged according to the radicals, by W. H. Medhurst. *Batavia*, 1842; tomes en 1 vol. in-8, dem.-rel. maroq. brun, tr. peig.

674. Callery. — Système et dictionnaire phonétiques. *Macao*, 1841; 2 parties en un vol. gr. in-8, dem.-chagr. vert.

675. Systema phoneticum scripturæ sinicæ, auctore, J. M. Callery. *Macao*, 1841; 2 vol. gr. in-8 br.

676. **Ying-Hwa-Vun-fu-Sihkiai**. — An english and chinese Vocabulary, in the court dialeck, by S. Wels William. *Macao*, 1844; in-8 cart.

677. Vocabularium sinicum concinnavit Guilelmus Schott. *Berolini*, 1844; in-4 cart.

678. English and chinese Dictionary in two volumes, by W. H. Medhurst, son. *Shanghæ*, 1847; 2 vol. in-8, dem.-rel. bas.

679. **Han-iam-cù-Tièn**. — Dictionarium sinico-latinum, autore M. de Guignes, labore, cura ac dili gentia Hieronymi Mangieri, a S. Arsenio. *Hong-Kong*, 1853; in-4, dem.-rel. chagr. vert., tr. jasp.

680. **Ying-Wa-Fan-Wan-Ts'ùt-Jü**. — A tonic Dictionary of the chinese language, in the Canton dialect, by S. Wels Williams. *Canton*, 1856; in-8, dem.-rel. dos et coins de maroq., tr. peig.

681. A tonic Dictionary of the chinese language, in the Canton dialect, by S. Wels Williams. *Canton*, 1856; gr. in-8, dem.-rel.

682. A Dictionary of the chinese language, by the Rev. Morrison. *London*, 1865 ; 2 vol. in-8 cart.

683. Dictionnaire des signes idéographiques de la Chine, avec leur prononciation usitée au Japon, par L de Rosny. *Paris*, Maisonneuve, 1867 ; in-8 br.

684. Dictionnaire français-latin-chinois de la langue mandarine parlée, par Paul Perny, et appendice. *Paris, Firmin Didot*, 1869-72 ; 2 vol. in-4, dem.-rel. maroq. rouge, fleurons, peign. et cartonné.

685 Vocabulary of chinese proper names, by P. Smith. — A short method with chinese, by Rev. A. Martin. — Le Livre des 1000 mots, par Saint-Julien.— The Beginner's first Book in the chinese language. — Notices on chinese grammar, by Philosinensis. — Table des principales clefs chinoises. — Ens. 6 vol. et plaq. in-4, et in-8 rel. et cart.

686. A syllabic Dictionary of the chinese language, by S. Wells Williams, *L. L. D. Shang-haï*, 1874; fort vol. gr. in-4, cart angl.

687. *San-go-peu-Rau.* Dictionnaire en 3 langues (japonais, anglais, français). 3 cahiers in-8.

688. Stephanus Fourmont. — Meditationes sinicæ. *Lutetiæ Parisiorum.* 1737 ; in-fol.

689. Dissertations on the characters and sounds of the chinese language. — Kæmpferi Amœnitates exoticæ. *Lemgoviæ, s. d.*; ens. 2 vol. in-4. cart. et dem.-rel. bas.

690. Lettre de Peking sur le génie de la langue chinoise et la nature de leur écriture symbolique, comparées avec celles des anciens Égyptiens. *Bruxelles*, 1773; in-4. — Essai sur la langue et la littérature chinoises, par J. P. Abel Rémusat. *Paris*, 1811 ; in-8. — Catalogue des ouvrages de M. Fourmont l'aîné, professeur de langue arabe. *Amster- dam*, 1731 ; in-8. — Réponse de M. Montucci à la lettre de M. de Guignes, insérée dans les Annales des voyages publiées par M. Malte-Brun, in-8.

691. Chrestomathie chinoise, publiée aux frais de la Société asiatique. *Paris*, 1833 ; in-4, dem.-rel. v. ant.

692. Chrestomathie chinoise, publiée aux frais de la Société asiatique. *Paris*, 1834 ; in-4. br.

693. Chinese Chrestomathy in the Canton dialect, by E. C. Bridgman. *Macao*, 1841 ; in-4. dem.-rel. v. f.

694. Chinese dialogues, questions and familiar sentences, by the late Rev. Dr Medhurst, revised by his son. — The Sohoo-King or the Historical classic, translated, by W. H. Medhurst. *Shanghœ*, 1846-1863 ; ens. 2 vol. in-8 dem.-rel.

695. Chinese Conversations translated from native authors. *Shanghœ*, 1852; in-8., dem.-rel. — Easy Lessons in chinese, by S. Wels Williams. *Macao*, 1842 ; in-8., dem.-rel. — Dialogues and detached sentences in the chinese language, translation in english, by P. Thoms *Macao*, 1816; in-8., dem.-rel. — Chinese dialogues, by W. H. Medhurst. *Shanghœ*, 1844 ; in-8., dem.-rel.

696. Catalogue des caractères chinois de l'Imprimerie nationale fondus sur le corps de 24 points (au nombre de 1796 caractères). *Paris, Imp. nat.*, 1851 ; in-fol. cart.

697. Edkins (J.). — A Grammar of colloquial chinese, as exhibited in the Shanghai dialect. — A Grammar of the chinese colloquial language commonly called the mandarin dialect. *Shanghai*, 1852-1857 ; 2 vol. in-8. dem.-rel. maroq. rouge jans.

698. A Guide to conversation in the english and chinese language, for the use of Americans an Chinese in California and elsewhere, by Stanislas Hernisz. *Boston*, 1855 in-8. obl. br.

699. *Yü-yen-Tsu-Erh-chi*. A progressive Course designed tho assist the student of colloquial chenese, in eight part; with key, syllabary, and writing exercises. *London*, 1867 ; 4 vol. in-4. cart.

700. Dialogues chinois-latins, traduits mot à mot, avec la
prononciation accentuée, publiés par P. Perny. *Paris,*
1872; in-8., dem.-rel. maroq. viol. jans., tr. peign.

C. — Histoire littéraire de la Chine

701. Système encyclopédique des Chinois et des Japonais,
ou Table raisonnée de tous les articles contenus dans
l'édition japonaise de l'Encyclopédie chinoise, avec plusieurs planches par M. Abel Rémusat. *A Paris, de l'Impr. royale,* 1822; in-4, dem.-rel. dos et coins de maroq.
rouge fil., dos orné, n. rog.

702. Le Siècle des Youên ou tableau historique de la littérature chinoise depuis l'avénement des empereurs mongols jusqu'à la restauration des Ming, par M. Bazin,
Paris, Impr. nationale, 1850; in-8, dem.-rel., dos et
coins de maroq. rouge, fil., dos orné, tête dor., n. rog.

703. Essai sur l'histoire de l'instruction publique en
Chine et de la corporation des lettrés depuis les anciens
temps jusqu'à nos jours, ouvrage entièrement rédigé
d'après les documents chinois, par Ed. Biot. *Paris, Benj.
Duprat,* 1847; in-8, dem.-rel. v. f.

704. Klaproth. — Catalogue des manuscrits chinois de la
bibliothèque de Berlin. *Paris,* 1822; in-fol. dem. cart.
percal. noir (texte allemand).

705. Mélanges asiatiques ou Choix de morceaux critiques
et de mémoires relatifs aux religions, aux sciences, aux
coutumes, à l'histoire et à la géographie des nations
orientales, par M. Abel Rémusat. *Paris, Dondey-Dupré,*
1825; 2 vol. in-8, dem.-rel. v. f.

706. Mélanges posthumes d'histoire et de littérature orientales, par M. Abel Rémusat. *Paris, Impr. royale,* 1843;
in-8, dem.-rel. maroq. rouge à nerf, dos orné, tr. jasp.

707. Notes on chinese literature with introductory remarks on the progressive advancement of the art, by A.
Wylie. *Shanghœ*, 1867; in-4 cart.

708. Chine. Collections de brochures sur la linguistique et
la littérature chinoises. Environ 30 br. in-4 et in-8.

709. Catalogue des livres composant la bibliothèque de
M. Abel Rémusat. *Paris, Merlin*, 1833 *(prix d'adj. manusc.).*
— Catalogue des livres et ouvrages chinois, tartares et
japonais composant la bibliothèquede M. Klaproth. *Paris,
Merlin*, 1839. *(Prix d'adjudication manuscrits).* — Catalogue de M. Guignes. *Paris, Labitte*, 1845. — Catalogue
des livres de M. H. Bailleul. *Paris, M. Labitte*, 1856, 4
cat. réunis en 1 vol. in-8, dem.-rel. maroq. r., tr. jasp.

**D. — Textes chinois publiés par des Européens
et Traductions d'auteurs chinois**

710. Ancien et Nouveau Testament traduits en chinois par
les missionnaires protestants. *Édition deSang-haï*, 1855 ;
4 vol. in-8, papier blanc.

711. Ancien Testament, texte chinois ; 4 vol. in-8 br.

712. Les PP. Aleni et Verbiest. Traductions chinoises de
l'Imitation. — Origine de toutes choses. — Abrégé de la
doctrine chrétienne, etc. — 4 vol. in-8 en chinois, dem.-
rel. et br.

713. Chinese miscellany consisting of original extracts
from chinese authors in the native character, with
translations and philological remarks, by Robert Morrison. *London*, 1825; in-4, dem.-rel. v. ant.

 A la suite de cet ouvrage, l'on a relié différentes Annonces ou
affiches relatives à la Chine.

714. Meng-Tseu vel Mencium, edidit Stanislaus Julien.
Lutetiæ Parisiorum, 1824. 2 vol. in-8, dem.-rel., chagr.
vert.

715. Confucius et Mencius, les Quatres livres de philosophie morale et politique de la Chine, traduits du chinois par M. G. Pauthier. *Paris*, 1852, in-18; dem.-rel. v. f.

716. Les Livres sacrés de l'Orient traduits ou revus par G. Pauthier. *Paris, Panthéon littéraire*, 1842; in-4, texte à deux col., dem.-rel. v. rouge, tr. jasp.

717. Pensées morales de Confucius et de divers auteurs chinois recueillies et traduites du latin et du russe, par M. Levesque. *A Paris, chez Didot et de Bure*, 1782; 2 vol. in-16, dem.-rel. bas.

718. The chinése classical Work commonly called the Four Books, by the late Rev. David Collie *Malacca*, 1828; in-8, dem.-rel. — The sacred edict containing sixteen maxims of the emperor Kang-He amplified by his son, the emperor Yoong-Ching, by a mandarin, translated from the chinese original by the Rev. William Milne. *London*, 1817; in-8, dem.-rel. v. viol. — Confucii *Chi-King*, sive Liber carminum ex latino P. Lacharme interpretatione, edidit J. Mohl. *Stuttgartiæ*, 1830; in-8, dem.-rel., v. f.

719. The Chinese classics, by James Legge, containing Confucian analects, the Works of Mencius. *London*, 1861; 2 vol. in-8, formant les tomes I et II cart.

720. G. Pauthier. — Le Livre de Marco Polo, citoyen de Venise. *Paris*, 1845. — Le *Tà Hio* ou la Grande Étude, ouvrage de Khoung-fou-Tseu (Confucius). *Paris*, 1837. — De l'Authenticité de l'inscription nestorienne de Si-Ngan-fou. — L'Inscription syro-chinoise de Si-Ngan-fou, monument nestorien élevé en Chine l'an 781 de notre ère. *Paris*, 1858. — Ens. 4 vol. in-8 cart. et br.

721. L'Invariable milieu, ouvrage morale de Tseu-ssé en chinois et en mandchou, pabl. par M. Ab. Rémusat. *Paris, Impr. royale*, 1817. — History of the pirates who infested the China sea, translated by Charl.-Fréd. Neumann. *London*, 1831; ens. 3 vol. in-4 et in-8, dem.-rel. et cart.

722. **Lao-Tseu-Tao-Te-King**. — Le Livre de la voie et de la vertu composé dans le vi⁰ siécle avant l'ère chrétienne par le philosophe Lao-Tseu, traduit en français et publié avec le texte chinois par Stanislas Julien. *Paris, Impr. royale*, 1842; grand in-8, dem.-rel. chagr. vert foncé.

723. **Ta-Tsing-Leu-Lée**, ou les Lois fondamentales du code pénal de la Chine, traduites du chinois par G. Th. Staunton et mises en français par M. Fél. Renouard de Sainte-Croix. *Paris, de l'Impr. de Crapelet*, 1812; 2 vol. in-8, dem. cart. perc.

724. Le Livre des récompenses et des peines, en chinois et en français, traduit par Stanislas Julien. *Paris-London*, 1835; grand in-8 dem.-rel., dos et coins de maroq., vert fil., tr. peig.

725. **Li-Ki** ou Mémorial des rites traduit pour la première fois du chinois et accompagné de notes de commentaires et du texte orginal, par J. M. Callery. *Turin, Impr. royale*, 1853; in-4, dem.-rel. chagr. vert foncé.

726. Le **Tcheou-Li** ou Rites des Tcheou, traduit pour la première fois du chinois par feu Ed. Biot. *Paris, Impr. nationale*, 1851; 2 vol. in-8, dem.-rel. v. f. tr. jasp.

727. Histoire et fabrication de la porcelaine chinoise, ouvrage traduit du chinois par M. Stanislas Julien, accompagné de notes et d'additions par M. Alph. Salvetat et augmenté d'un mémoire sur la porcelaine du japon, traduit du japonais par M. le Dʳ J. Hoffmannn. *Paris*, 1856; in-8, dem.-rel. v. bl. tr. jasp.

728. Résumé des principaux traités chinois sur la culture
des mûriers et l'éducation des vers à soie, traduit par
Stanislas Julien. *Paris, Impr. Royale*, 1837; gr. in-8,
dem.-rel. maroq. rouge, tr. marbr.

729. Esop's Fables written in chinese, by the learned
missionary Seen-Shang, and compiled in their présent
form (with a free and a literal translation), by his pupil
Sloth. *S. l.*, 1840; in-4, dem.-rel. chagr. viol.

730. Poésies de l'époque des Thang, traduites du chinois
par le marquis d'Hervey Saint-Denis. — Le *Li-Sao*,
poëme du III° siècle avant notre ère. — Proverbes chinois recueillis et mis en ordre par Paul Perny. — Le
Livre de Jade, par Judith Walter. — Ens. 4 vol. in-8
br.

731. Thesph. Sigefridïï Bayeri. — Mvsevm sinicvm. *Petro-
poli*, 1730. — Éloge de la ville de Moukden et de ses environs, poëme composé par Kien-Long, empereur de la
Chine traduite en français par le P. Amiot, miss, à
Pékin et publié par M. de Guignes. *Paris*, 1770; in-8,
v. ant.

732. **Lao-Seng-Eul**, comédie chinoise, suivie de San-iu
Leou ou les Trois étages consacrés, conte moral traduit
par J. Davis. *Paris*, 1819. — The affectionnate pair or
the History of Sung-King, translated by P. Thomas.
London, 1820. — Aventures de Robert Fortune dans ses
voyages en chine, traduits de l'anglais. *Paris*, 1854. —
The Rambles of the emperor Ching-Tith in Kiang-Nan
a chinese tale translated, by Tkin-Shen. *London*, 2 vol.
in-8. Ens. 5 vol. in-8 et in-12 cart., et dem.-rel.

733. Théâtre chinois ou Choix de pièces de théâtre composées sous les empereurs mongols, traduites par **M.
Bazin**. *Paris, Impr. royale*, 1838; in-8, dem.-rel. chagr r.
tr.-jasp.

734. Le Cercle de craie. — Traité des milles caractères. — Description du pays de Cambodje. Ens. 3 vol. in-4, dem.-rel., dos de percal.

Textes chinois lithographiés.

735. **Hao-Khieou-Tchouan** ou la Femme accomplie, roman chinois traduit sur le texte original, par M. Guillard d'Arcy. *Paris, B. Duprat,* 1842; gr. in-8, dem.-rel. chagr. vert.

736. **Hau-Kiou-Choaan**, histoire chinoise traduite de l'anglais (du R. Percy), par M*** (Eidous). *Lyon,* 1766, 4 vol. in-12, v. ant. figures.

737. **Tchao-Chi-Kou-Eul** ou l'Orphelin de la Chine, drame en prose et en vers accompagné des pièces histo-aiques qui en ont fourni le sujet de nouvelles et de poésies chinoises traduit du chinois par Stanislas Julien. *Paris, Moutardier,* 1834; in-8, dem.-rel. chagr. vert.

738. **Hau-Kiou-Choaan**, or the Pleasing history, a translation from the chinese language. *London,* 1761; 4 vol. in-12, v. ant.

739. The Fortunate Union a romance translated from the chinese original with notes and illustrations to which is added a chinese tragedy, by John Francis Davis. *London,* 1829; 2 tomes en 1 vol., dem.-rel. v. f.

740 Blanche et Bleue ou les Deux couleuvres fées, roman chinois traduit par Stanislas Julien. *Paris, Ch. Gosselin,* 1834; in-8, dem.-rel. chagr. vert foncé.

741. Contes chinois traduits par MM. Davis, Thoms, le P. d'Entrecolles etc., et publiés par M. Abel Rémusat. *Paris, Moutardier,* 1827; 3 vol. in-16, dem.-rel. maroq. vert foncé jans.

742. Les deux jeunes filles lettrées, roman chinois traduit par Stanislas Julien. *Paris, Didier,* 1860; 2 vol. in-18, dem.-rel. chagr. vert.

743. San-Koué-Tchy-Han-Kouroun-I-Pithé. — Histoire des trois Royaumes, roman historique traduit sur les textes chinois et mandchou de la Bibliothèque royale, par Th. Pavie. *Paris, Benj. Duprat*, 1845; 2 vol. in-8 br.

744. Le **Pi-Pa-Ki** ou l'Histoire du Luth, drame chinois traduit par M. Bazin. — Nouvelles chinoises, traduites par M. Stanislas Julien. — L'Épouse d'outre-tombe, conte chinois. — Variétés orientales, par M. L. de Rosny. Ens. 4 vol. in-8 et in-12 br.

745. Iu-Kiao-Li, roman chinois traduit par M. Abel Rémusat, texte autographié et publié par V. Levasseur. *Paris*, 1829. — Dialogues chinois, texte seul à l'usage de l'École spéciale des langues orientales vivantes, publiés par M. St.-Julien. *Paris*, 1863. — Chrestomathie chinoise publiée par M. Florente, sous la direction de M. Bazin, in-8. — Liste de caractères chinois formés par la combinaison de types divisibles. *Shanghai*, 1862. Ens. 4 br. in-8.

746. Iu-Kia-o-Li ou les Deux Cousines, roman chinois traduit par M. Abel Rémusat. *Paris, Moutardier*, 1826; 4 tomes en 2 vol. in-18, dem.-rel. chagr. vert.

747. Iu-Kia-o-Li. Les Deux Cousines, roman chinois, traduction nouvelle par Stanislas Julien. *Paris, Didier*, 1864; 2 vol. in-18 br.

748. Histoire de la ville de Khotan, tirée des annales de la Chine et traduite du chinois par M. Abel Rémusat. *Paris*, 1820; in-8, dem.-rel. v. — Remarques philologiques sur les voyages en Chine de M. de Guignes, par Sinologus Berolinensis. *A Berlin*, 1809; in-8 cart. — Narrative of the chinese embassy to the khan of the Tourgouth Tartars, translated from the chinese, by sir George Thomas Staunton. *London*, 1821; in-8, dem.-rel.

749. The Ceremonial usages of the Chinese translated by,
William Raymond. — China, being the times, special
correspondance from China in the years 1857-58, by G.
Wingrove Cooke. — *Tchou-Chou-Ki-Nien* ou Tablettes
chronologiques du livre écrit sur bambou, ouvrage
traduit du chinois, par M. Ed. Biot. — Notice d'une
mappemonde et d'une cosmographie chinoises, par M.
Klaproth. Ens. 4 vol. in-4 et in-8 cart.

E. — Textes chinois publiés en Chine

750. **Siu-Siang-ti ou Tsai-Tzeu-Chou.** Encyclopédie illustrée pour les études supérieures. 75 livres en
20 cahiers in-8.

751. **Chen-Pao-Tsa-Ki.** (Mélanges d'Histoire, de science
et de littérature.) 2 vol in-4, br.

752. **Meng-tzeu.** Le Livre de Mencius avec un commentaire phrase par phrase (texte chinois). In-8, d.-rel. mar.
bl.

753. **Kiao-King-Siao-Kio.** Le Livre de la piété filiale
de Confucius, suivi de la petite étude, accompagné d'un
commentaire perpétuel. Pet. in-12, dem.-rel. v. vert.
pap. blanc.
   La meilleure édition de cet ouvrage.

754. **Kiao-King-Siao-Kio-Thi-Tchou-Ta-Tching.**
(Le Livre de la piété filiale et de la petite étude, et le
Livre sacré du devoir, avec une glose et une paraphrase.)
4 vol. in-8, br.

755. Dictionnaire des mots des XIII King. (Texte chinois.)
8 cahiers gr, in-8.

756 Livres de prières bouddhiques (texte chinois). 2 vol.
in-8 allongés.

757 **Ching-in-Kouang-hiun**. Le Saint édit, 2 t. en 1 vol. in-8 cart.

758. **Tching-in**. Explication du Saint édit de Kang-hi. In-12, dem.-rel., maroq. rouge.

> Voir Rémusat. Mélanges assiatiques, tome II, 311.

759. **Long-Thou-Kong-Gan**. Recueil de causes célèbres jugées par Pao-t-Ching, qui vivait sous la dynastie des Song, et dont les Chinois ont fait l'un des juges de l'enfer. 5 cahiers réliés en 1 vol. in-18, dem-rel. chag. r.

> Législation chinoise, au Xe siècle de notre ère.

760. **Longt-hou-Kong'an**. Recueil de causes judiciaires. 6 cahiers in-12, br.

761. — Recueil de causes judiciaires. 4 cahiers in-12.

762. **Thai-Chang-Kan-ing-Pien**. (Le Livre des récompenses et des peines.) 8 vol. gr. in-4, br., pap. jaune.

> Édition impériale.

763. **Kan-Ying-Pien**. (Le Livre des récompenses et des peines. 2 vol. in-12, br.

> Cet ouvrage a été traduit en français par Abel Rémusat et Stanislas Julien.

764 **Tchouen-Kia-Pao-Chouen**. (Les Pieux conseils de la vie domestique.) 4 vol. in-8, br.

765 **Li-Taï-Hoa-sse**. Dictionnaire historique des peintres chinois des anciennes dynasties. 32 cahiers in-12, pap. blanc.

766. **Hoa-tchouen-sse-tsi**. L'Art de dessiner. 4 part. in-8, figures.

767 **Kiai-tszi-Youen-hoa-Tchouen**. L'Art de dessiner les paysages, les fleurs, etc., 2 parties en 9 cahiers. gr. in-8, figures.

768. Dessins de mille pots de plantes et de fleurs. 2 vol. in-4, cart.

> Texte chinois et figures.

769. Caricatures, Paysages, Proclamations en chinois. 5 rouleaux et feuilles volantes en couleurs.

770. Jeu de casse-tête chinois. 2 cahiers in-8.

771. Yu-tsau. Traité des vers à soie. In-4.
Ouvrage intéressant, rempli de gravures.

772. Tching-Yu-Thso-Yao. Dictionnaire de la vraie prononciation. In-12, dem-rel., chag. vert.

773. Tching-in-Thso-Yao. Résumé de la vraie prononciation. 4 vol. in-12, br.

774. Kouan-Hoa-Tching-in. (Exacte prononciation du Kouan-Hoa, en langue mandarinique.) 3 cahiers en 1 vol. dem-rel. maroq. viol., pap. jaune.

775. Écriture chinoise, fac-simile et Modèle. 4 vol. in-8, cartonnés.
Imprimé en blanc sur fond noir; les volumes se développent chacun sur 5 mètres de longueur.

776. Écriture chinoise, Fac-simile et Modèles sur fond noir. 8 vol. in-8, allongés.

777. Encyclopédie où l'on explique les différentes difficultés du style, in-8. — Les 4 styles de l'écriture. 2 vol. in-8, br. et rel.
Textes chinois.

778. Recueil de formules de lettres, de discours, etc. (Texte chinois.) 12 cahiers et 2 enveloppes.

779. Tching-Tseu-Toung. Explication des caractères réguliers. 5 vol. in-8, dem-rel.
Cat Klapoth, n° 185. Les mots sont classés pour la 1re fois, suivant les 214 clefs.

780. Tsin-Han-cheu-Lau. (Reproduction fidèle des caractères.) 2 vol. in-12, rel.
Reproductions d'autographes, sur papier blanc.

781. Chou-Wen. Explication des caractères. (Le plus ancien des dictionnaires chinois, rédigé 120 ans avant l'ère chrétienne.) 15 cahiers en 8 vol. in-4, cart. pap. blanc.

782. Collection de caractères chinois rangés par phonétiques. In-4, obl.

> Manuscrit.

783. **Thsao-Tseu-Koei**. (Dictionnaire des caractères cursifs.) Gr. in-8, dem.-rel. v. viol., pap. blanc.

784. Dictionnaire complet des caractères cursifs. Gros in-8, oblong.

785. Petits dictionnaires chinois, en chinois. 4 vol. in-8 et in-12.

786. **Fen-Yun-Tso-Yao**. (Petit dictionnaire de poche accompagné d'un manuel épistolaire). 4 cahiers en 1 vol. in-8, dem-rel. maroq. viol., pap. jaune.

> Vente Klaproth, 2ᵐᵉ partie n° 181. Choix des mots les plus essentiels, rangés par ordre tonique.

786 *bis*. — Double (pap. blanc). 2 cahiers en 1 vol. in-8, dem.-rel., chag. vert.

787. **Fen-Yun-Thso-Yao**. (Petit dictionnaire chinois à l'usage des commerçants.) In-8, cart. pap. jaune.

> Cet ouvrage est rangé par ordre tonique; il renferme 7455 caractères qui se présentent le plus souvent dans la conversation ou dans les livres (Note de M. Saint-Julien).

788. **Nan-Po Kouan-Hoa-Wei-Pien-Ta-Thsuen**. (Vacabulaire du Kouan-Hoa, du nord et du midi.) 2 cahiers en 1 vol. in-12, dem.-rel. maroq. fauve.

> Vocabulaire à l'usage des jeunes chinois, qui apprennent à écrire le Kouan-Hoa ou langue mandarine. C'est un des ouvrages les plus utiles qu'on ait jamais publiés en Chine; il offre un avantage inappréciable, c'est d'établir parfaitement la distinction du Dialecte de Pé-Kin et de Nan-Kin (Note de Bazin).

789. **Khang-Hi-Tseu-Tien**. (Dictionnaire de Kang-hi.) 214 cahiers en 9 vol. in-12, dem.-rel. v. f.

790. **Kou-Kin-Yun-Lio**. (Dictionnaire tonique ancien et moderne). 4 cahiers en 1 vol. gr. in-8, dem.-rel. maroq.

> Très-belle édition.

791. **Tchouen-Seu-Wei**. Dictionnaire. 6 cahiers in-4.

792. **Tchouen-Seu-Wei**. Dictionnaire chinois. 6 vol. gr. in-8, cartonnés.

793. **Tzen-Koeni**. Dictionnaire chinois. 2 vol. in-12, cart.

794. **Tseng-pou-ouo-fang-Yonen-in**. Dictionnaire des expressions les plus ordinaires. Gr. in-8, dem.-rel. chag. rouge, gr. in-8, dem.-rel. mar. rouge.

795. Chinese dictionary (texte chinois). 2 vol. gr. in-8, dem.-rel. mar. brun.

Exemplaire ayant appartenu à M. Callery.

796. **Kiouan-Kin-Tseu-Wie.** Dictionnaire de Meï-Tan (texte chinois). Gr. in-8, dem.-rel. bas.

797. **Tchou-chi-Paming-chou-Tchao**. (Recueil de pièces d'éloquence.) 10 vol. in-8, br.

798. **Tang-chè-pie-tsaï**. (Poésies de la dynastie des Tang.) 20 cahiers en 4 vol. pet. in-12, dem.-rel. v. bl., pap. blanc.

799. **Chi-fou-Ping-Tseu-Loui-Tchou**. (Les excellentes perles des caractères réunis dans la poésie.) 4 cahiers en 1 vol. in-12, dem.-rel. mar. br.

Répertoire poétique disposé par ordre de matière et mis à la portée de ceux qui commencent la versification *Canton*, 1812.

800. **Tchao-mei-Hiang**. Texte de la comédie traduite par M. Bazin, sous le titre de : La Soubrette accomplie (vente Bazin, n° 63,). Gr. in-8, dem.-rel. chagrin rouge.

801. **Koe-Tchi-ki**. (Comédie en prose et en vers.) 3 vol. in-12, dem.-rel.

802. **Pi-Pa-Ki**. (Histoire de la guitare, comédie chinoise). 6 cahiers reliés en 3 vol. in-18, dem.-rel. bas.

N° 65. Vente Bazin.

803. **Yu-Kiao-Li** ou les deux Cousines (texte chinois). In-12, dem.-rel. bas. verte.

804. **Yu-Kiao-Li** ou les deux Cousines (texte chinois). 4 vol. in-12, br.

805. **Yu-Kiao-Li** ou les deux Cousines. In-12, dem.-rel. mar. rouge.

806. **Yu-Kiao-Li**. Les deux Cousines. In-12, dem.-rel. bas., pap. blanc.

807. **Kin-Kou-Khi-Kouan**. (Histoires merveilleuses, Aventures extraordinaires anciennes et modernes.) 10 cahiers en 2 vol. in-8, dem.-rel. mar. viol., pap. blanc.

808. **Kin-Ping-Mei.** Roman chinois. 100 livres en 20 cahiers en 5 vol. in-12, dem.-rel. chag. vert.

> Catalogue Klaproth, n° 243.

809. **Pi-Tien-Liao-tchai-tchi-i**. (Recueil de Contes de fées, édition ponctuée.) 16 cahiers br.

810. **Si-Siang-ki**. (Histoire du pavillon d'Occident, comédie.) 2 vol. in-18, dem.-rel. chag. br.

> N° 64. Vente Bazin.

811. **Si-Siang-Ki**. L'Histoire du pavillon d'Occident. 6 cahiers en 1 vol. in-8, dem.-rel. chagr. vert.

812. **Hao-Kieou-Tchouen**. (Histoire de la femme accomplie.) 4 cahiers en 1 vol. in-12, dem.-rel. v. f.

> Ce Roman célèbre a été traduit en anglais en 1761, et en français en 1842 et en 1828.

813. **Hao-Kieou-Tchouen** ou l'Épouse accomplie. In12, dem.-rel. bas. rouge.

> Exempl. de M. Bazin, avec notes de sa main.

814. **Hao-Kieou-Tchouen**. (Histoire de la femme accomplie.) 4 cahiers en 1 vol. in-12, dem.-rel. mar. vert foncé, pap. blanc.

815 **Louï-Fong-Ta**. In-12, dem.-rel. chagr. vert.

> Traduit par Stan. Julien, sous le titre de : *Blanche et Bleue,* ou les deux Couleuvres fées.

816. **Phing-Chan-Ling-Yen**. (Les Deux jeunes filles lettrées.) Roman chinois. 4 cahiers en 1 vol. in-12, dem.-rel. v. rouge.

817. **Liao-Tchai-Tchi-i**. Contes de fées. 4 vol. in-12, dem.-rel. chag. vert.

818. **Sou-Liao-Tchi-i**. Suite des Contes des fées. 8 cahiers en 2 vol. in-12, dem.-rel. chag. vert.

   Suite de l'ouvrage intitulé : *Liao-Tchai-Tchi-i*.

819. **Houng-Leou-Meng**. (Les Songes du pavillon rouge.) 20 cahiers en 5 vol. in-12, dem.-rel. mar. bleu.

   Récit populaire, contenant une peinture de la vie domestique chinoise.

820. **Chan-Haï-King-Tchou-Siang**. Explication du Chan-Haï. Livre de géographie avec figures. 3 vol. in-12, cart.

821 **Fa-Tcha-Tou**. (Voyage pittoresque en Chine et Isographie des grands personnages de l'empire.) 6 vol. gr. in-8, pap. blanc.

   Très-bel ouvrage, dont les gravures représentent cent des plus beaux paysages de la Chine.

822. **Siu-Siang-Tcheng-Teu-Houang-Yeou**. Histoire du Voyage de Kiang-Nan, par l'empereur Tcheng-Ten de la dynastie Ming. 7 livres en 4 vol. in-12, br.

823. — Histoire complète des voyages de l'empereur **Tching-Ten** dans le **Kiang-Nan**, illustré de figures. 6 cahiers en 1 vol. in-8, dem.-rel, mar. br. Lavall.

824. **Si-Yeou-Ki-Tchen-Hiouen**. (Histoire d'un voyage dans l'Occident, avec un parfait commentaire.) 20 cahiers in-12, br.

   Cat. Klaproth, n° 124.

825. **Chouï-Hou-Tchhouen**. Histoire des Pirates (texte chinois). 120 livres en 20 cahiers reliés en 4 vol. gr. in-8, dem.-rel. chag. rouge.

826. **Choui-Hou-Hoa-Tchoan**. (Illustrations pour l'Histoire des Pirates.) 3 cahiers in-8, br. *Nombreuses figures en couleurs*.

827. Histoire de la révolte des Pirates, 1820. 2 cahiers in-12.

828. **San-Koue-Tche**. (Histoire de trois royaumes.) 20 cahiers en 5 vol. in-12, dem.-rel. chag. vert.

829. Liste complète de tous les fonctionnaires publics ou Almanach impérial de poche pour l'année 1840. 4 cahiers in-12, br.
Texte chinois.

830. **Kou-Lie-Niu-Tchouen**. Histoire des femmes célèbres de l'antiquité (texte chinois). 2 cahiers gr. in-8, br., pap. blanc.

831. **Kin-Ting sse-Kou-King-Chou-Kien-Ming-Mou-Lou**. Catalogue abrégé de la bibliothèque de Pekin. 10 cahiers en 2 vol. in-8, dem.-rel. chag. vert, pap. blanc.

JAPON

—

A. — Ouvrages européens sur le Japon

833. An English and Japanese and Japanese and English vocabulary compiled from native works by W. H. Medhurst. *Batavia*, 1830; in-8, br. (Rare.)

834. Siebold. Novus literarum ideographicarum thesaurus, opus Japonicum. *Lugd-Bat.*, 1834; in-fol. cart.

835. Siebold. Thesaurus linguæ Japonicæ. *Lugd-Bat.*, 1835; in-fol., dem.-rel.

836. A pocket Dictionary of the English and Japanese language. *At Yedo*, 1862; in-12 obl.

837. Dictionnaire japonais-français, traduit du Dictionnaire japonais-portugais, publié par Léon Pagès. *Paris, Benjamin Duprat*, 1662; in-4, dem.-rel. v. viol.

838. Introduction à l'étude de la langue japonaise, par L. de Rosny. *Paris, Maisonneuve*, 1856; in-cart., cart. percal.

839. L. De Rosny. — Notice sur l'écriture chinoise. — Notice sur la langue annamique. — Notice sur l'écriture au Japon. — Résumé des principales connaissances nécessaires pour l'étude de la langue japonaise. — Introduction au cours de japonais. — Spécimen de caractères japonais. — Des affinités du japonais avec certaines langue du continent asiatique. — Discours prononcé à l'ouverture du cours de japonais. — Ens. 9 br. in-8.

840. L. De Rosny. — Recueil de Textes japonais. — Remarques sur quelques dictionnaires japonais. — Mémoire sur la chronologie japonaise. — Notice ethnographique de l'Encyclopédie japonaise. — L'empire japonais et les archives de M. de Siebold. — Le Livre de la pensée des bienfaits secrets. — Ens. 6 br. in-8.

841. Léon De Rosny. — Table des principales Phonétiques chinoises. — Manuel de la lecture japonaise. — Exercices de lecture japonaise. — Thèmes faciles et gradués pour l'étude de la langue japonaise. — Guide de la conversation japonaise. — Ens. 5 br. in-8 et in-12.

842. Essai de grammaire japonaise, composé par M. J.-H. Donker Curtius, commissaire néerlandais au Japon, enrichi d'éclaircissements et d'additions nombreuses, par M. le Dʳ J. Hoffman, traduit du Hollandais. par Léon Pagès. *Paris, Benj. Duprat*, 1861; in-4, dem.-rel., dos et coins de mar. bleu-ciel, fil., dos orné à pet. fers, point. tête dor. n. rog.

843. A Japanese Grammar, by J.-J. Hoffmann. *Lieden*,
1868; in-4, dem.-rel. chagr. br. tr. jasp.

844 A Manual of chinese running hand writing, espe-
cially as it is used in Japan, by de St-Aulaire and **W. P.**
Groeneveldt. *Amsterdam*, 1861; in-4. br,

845. Japanese fragments with fac-similes of illustrations
by artists of Yedo, by captain Sherard Osborn. *London*,
1861; in-8, cart. angl., tr. dor.

846. Sechs Wandschirme in Gestalten der Verganglichen
Welt. Ein japanischen Roman, von Aug. Pfizmaier.
Wien, 1847; in-8, dem.-cart., dos de percal.

Texte japonais, reproduit avec les figures.

847. Histoire naturelle, civile et ecclésiastique de l'empire
du Japon, composée en allemand par Engelbert Kæmp-
fer, et traduite en français sur la version anglaise de
Jean-Gaspar Schenchzer. *Amsterdam*, 1732; 3 vol. in-12,
v. ant., cart. et figures.

848. Histoire du Japon, par le père de Charlevoix, enrichie
de figures en taille-douce. *A Paris, chez Rollin*, 1754
6 vol. in-12, v. ant.

849. Voyages de C. P. Thunberg au Japon, traduits, ré-
digés et augmentés de notes par L. Langlès. *Paris*, 1796;
2 vol. in-4, planches, v. rac., dent., tr. dor.

850. Mythologie japonaise par le P. Mounicou. — Le Japon
en 1867, par Layrle. — La persécution des chrétiens
au Japon et l'Ambassade japonaise en Europe, par L.
Pagès. — Une excursion à Kioto, capitale du Japon, par
A. Paris. — Lettres sur l'archipel japonais par le P. Fu-
ret. — Les Européens au Japon (extraits). — Ens. 6 br.
in-8.

851. Le Japon, par le colonel Dupin. — Une campagne, sur les côtes du Japon, par Alf. Roussin. — La Chine et le Japon au temps présent, par N. Sch. Lieman. — Le Japon contemporain, par El. Fraissinet. — Ensemble 4 vol. in-8 et in-12 br. et dem.-rel.

852. Cérémonies usitées au Japon pour les mariages et les funérailles, traduites du japonais par feu M. Titsingh *Paris, Nepveu*, 1819; in-8 et atlas de 16 planches in-12 obl. dem.-rel. v. f. — Mémoires et anecdotes sur la dynastie régnante des Djogouns, souverains du Japon, par M. Titsingh, publiés avec des notes par M. Abel Rémusat. *Paris*, 1830; in-8, planches, dem.-rel. v. f.

853. Siebold. Isagoge in Bibliothecam Japonicam. *Lugd, Bat.* 1841; in-4, dem.-rel. — Colloquial Japonese Shanghaï. 1863; 6 vol. in-8 et in-4 br.

854. Léon Pagès. Bibliographie Japonaise, ou Catalogue des ouvrages relatifs au Japon. 1859. — Dictionnaire Français, Anglais, Japonais. *Paris, Didot*, 1866; gr. in-8 br. (tom. Ier).

B. — Textes japonais

855. Encyclopédie japonaise illustrée. 15 cahiers in-8, figures.

856. **Bau-Min**. Encyclopédie populaire, 2 vol. in-4 cart.
Texte japonais.

857. **Livres canoniques**, textes japonais. 10 vol. in-4.
Ce recueil contient trois des livres canoniques du Japon.

858. Dictionnaire des caractères rangés par les 4 tons 12 cahiers in-8.
Texte japonais.

859. Dictionnaire cursif, texte japonais, pet. in-8 oblong.

860. Dictionnaire japonais, en japonais, in-16 oblong cartonné.

861. Principes d'éducation (texte japonais), 1 fort vol. in-4, cart., figures.

862. **Bau-dai-yô-Boun-chan**. Le Livre des mille changements, in-12 cart.
   Texte japonais.

863. Recueil de dessins faits d'un seul coup de pinceau, in-8, figures.
   Texte japonais.

864. **Bou-Ki**. Ustensiles militaires, in-4, 200 gravures.
   Texte japonais.

865. **Kau-hau**. La Piété filiale; in-4 cartonné, figures.
   Texte japonais.

866. Histoire des génies, 4 vol. in-4 cart. *Nombreuses figures*.
   Texte japonais.

867. Carte du Japon, en japonais, 1 feuille in-folio.

868. Grand plan de Jeddo, 1 feuille in-fol.
   Texte japonais.

869. Histoire du développement du Japon depuis le commencement, 5 cahiers in-4 br. .
   Texte japonais.

870. Histoire du cérémonial annuel, 5 vol. in-8 cart.
   Texte japonais.

871. Histoire des généraux du Japon. — Images. — Dessins de paysages, fleurs et d'oiseaux. 3 vol. in-12 cart.
   Textes japonais.

872. Les Quatre classes du peuple japonais. 5 vol. in-8 cart., figures.
   Texte japonais.

873. Catalogue des armoiries des grands du Japon, avec les marques d'honneur que l'on porte devant eux (en langue japonaise). Pet. in-8 v. f. ant. fil. (Piqûre.)

874. Les monnaies d'or du Japon, in-8 cart. figures en couleurs.
   Texte japonais.

875. Opuscules chinois et japonais, ornés de gravures, en général faits pour les enfants. — Environ 40 vol. in-8 ou in-12 avec des enveloppes.

876. Recueil de gravures sur les coutumes et les costumes populaires. 3 vol. in-4 cartonnés.
Texte japonais.

877. Dessins et inscriptions de sabres. 3 cahiers in-12 br., figures.
Texte japonais.

878. **Fou-Zi-Yama-Hya-Kou-Kei**. Les Cent belles vues du Fou-Zi-Yama. 3 vol. pet. in-4 cart. (nombreuses figures.)
Texte japonais.

879. Les Curiosités de Yakohama. 3 vol. in-4, cart.
Texte japonais.
Nombreuses gravures dans lesquelles figurent les résidents étrangers.

880. Divers ouvrages chinois et japonais ornés de figures. 19 vol. in-8, brochés et cartonnés.

881. **Kiva-Sen.** Choix de peintures, 2 vol. in-4, cart.
Ces deux volumes contiennent 50 peintures remarquables par leurs sujets et leurs exécutions.

882. Recueil de figures peintes. 1 vol. gr. in-4, cart.
64 planches très remarquables pour la vivacité des couleurs.

883. Choix de gravures peintes. 1 vol. in-fol. (32 planches).
Remarquable pour le choix des sujets et la vivacité des couleurs

---

884. Lot de Livres chinois et japonais, volumes séparés, etc.

Vᵉˢ Renou, Maulde et Cock, imprˢ de la Compagnie des Commissaires-Priseurs, rue de Rivoli, 144.   58548

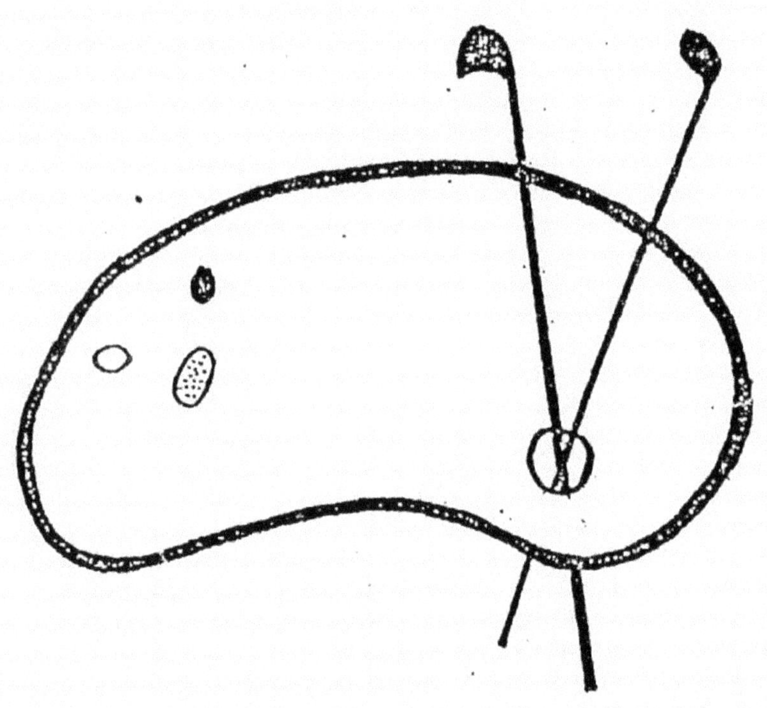

ORIGINAL EN COULEUR
NF Z 43-120-8

RED. :

19

graphicom

0 1 2 3 4 5 6 7 8 9 10

BIBLIOTHEQUE
NATIONALE
DE FRANCE

****

CHATEAU
DE
SABLE
1995